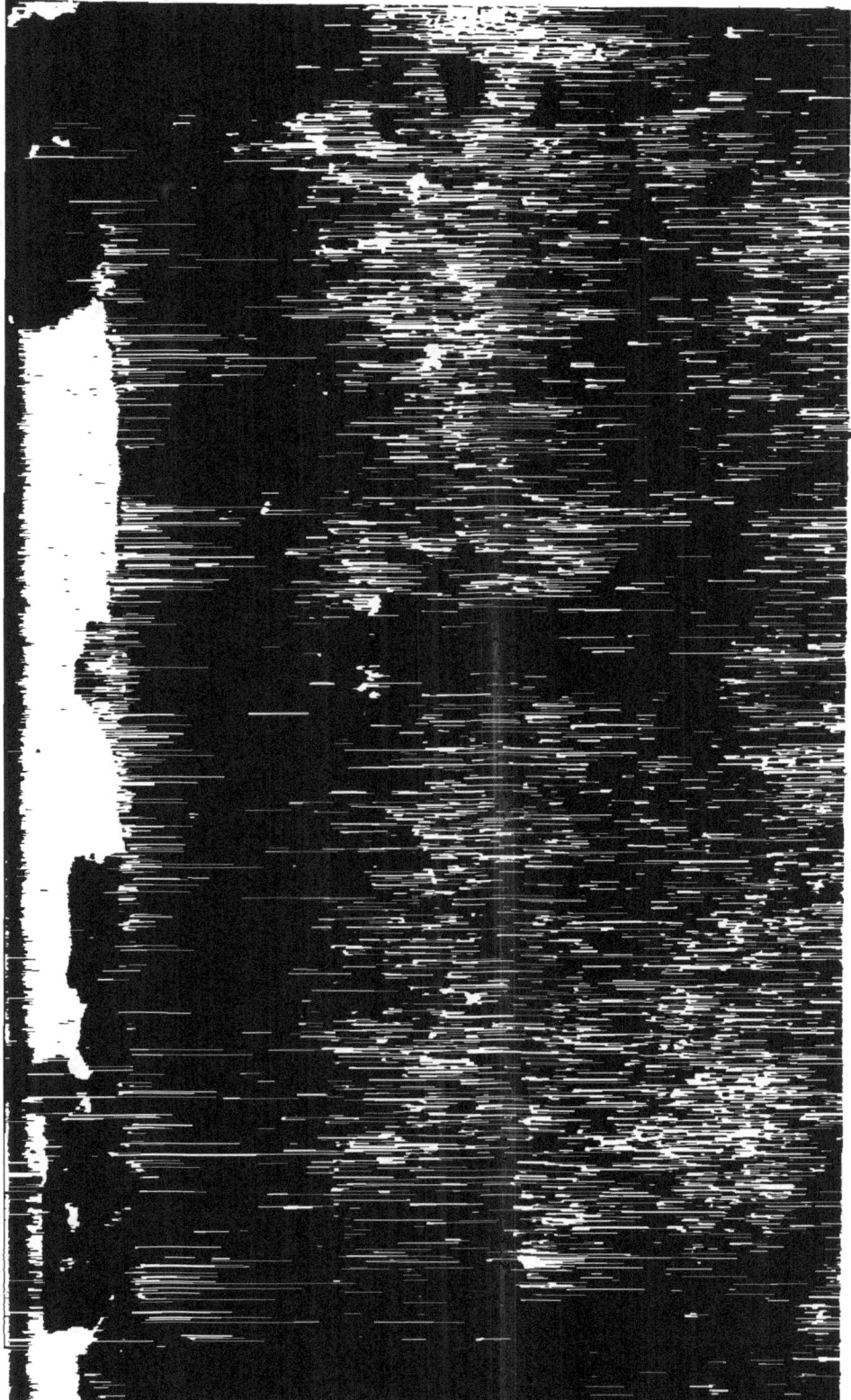

HISTOIRE

AMOUREUSE

D'ABAILARD ET D'HÉLOÏSE,

SUIVIE DE LEURS LETTRES,

Traduites en vers par nos premiers poëtes.

~~~~~~~~~~~~~~~~~~~~~~~~~~~~~~~~~~~~~~~

TOME SECOND.

~~~~~~~~~~~~~~~~~~~~~~~~~~~~~~~~~~~~~~~

A PARIS,

A LA LIBRAIRIE DE H. VAUQUELIN,

QUAI DES AUGUSTINS, Nº 11.

—

1820.

TROYES, IMP. DE Mme BOUQUOT.

HISTOIRE

AMOUREUSE

D'ABAILARD ET D'HÉLOÏSE.

Lettre d'Héloïse à Abailard.

Oɴ m'apporta par hazard, il y a quelques jours, une lettre de consolation que vous écriviez à un de vos amis. Comme j'en reconnus le caractère et que j'en aimois la main, je l'avoue, mon cœur, d'intelligence avec ma curiosité, me força à l'ouvrir. Pour me rassurer dans la liberté que je prenois, je me flattai du droit souverain que j'ai sur tout ce qui vient de vous, et je me fis scrupule de croire qu'il y eût des lois de bienséance que je dusse observer quand il s'agissoit d'apprendre des nouvelles de ce que vous faisiez. Mais que ma curiosité me coûta de larmes, et que je fus surprise de ne

trouver dans cette lettre qu'un long détail de nos malheurs! J'y vis cent fois
mon nom. Je ne le trouvois qu'avec
crainte. Toujours quelque infortune le
suivoit. J'y lus le vôtre, qui n'étoit pas
plus heureux. Ces funestes et chères
idées m'agitèrent si violemment que je
crus que c'étoit trop consoler un ami à
qui vous écriviez pour quelques légères
disgrâces, que de lui dépeindre nos traverses et notre infortune. Quelles réflexions
ne fis-je point? Je commençai à me considérer tout de nouveau. Je me sentis
saisie de la même douleur qui m'accabla
lorsque nous commençâmes à être malheureux; et quoique le tems eût dû di-
minuer ces peines, n'étoit-ce pas assez de
les lire écrites de votre main, pour les
sentir, comme la première fois, passer
jusqu'au fond de mon cœur? Non, rien
ne pourra jamais effacer de mon esprit
ce que vous avez souffert pour défendre
vos sentimens. Je me souviendrai de
toute l'envie d'Isberice et de Lotulce.
Je verrai dans tous les momens de ma
vie un oncle cruel, un assassin barbare,
un amant accablé du plus grand des malheurs, et je n'oublierai pas combien
votre esprit vous attiroit d'ennemis, et
votre gloire de jaloux. Je me représen-

terai sans cesse cette haute réputation ,
si justement acquise, en proie aux demi-
savans, genre d'hommes cruels et inexo-
rables. On condamnoit vos livres de
théologie au feu : on menaçoit votre personne d'une prison perpétuelle. Vous
protestiez en vain qu'on vous supposoit
des choses auxquelles vous n'aviez jamais
pensé, et que vous condamniez vous-
même. On vous traitoit d'hérétique.
Quel scandale ne fit-on point sur le nom
de Paraclet que vous donnâtes à la cha-
pelle que vous faisiez bâtir ? Quelle
tempête n'excitèrent point contre vous
ces traîtres religieux que vous honorez
du nom de frère dans votre lettre ? Cette
longue suite de tems de malheurs, que
la vérité et des termes naturels rendoient
sensibles, m'a tiré du sang du cœur.
Mes larmes ont effacé quelques lignes de
votre lettre. J'aurois souhaité d'en effacer
de même tous les caractères ; mais on
vint me la demander trop tôt. Il est vrai,
et je vous le confesse, qu'avant que de
l'avoir lue j'étois plus tranquille. Sitôt
que je l'eus parcourue ma douleur se
réveilla. C'est trop, dis-je, avoir été sans
me plaindre ; et puisque la rage de vos
ennemis est encore vivante, que le tems,
qui désarme les haines les plus cruelles,

1.

ne les adoucit point ; puisqu'il faut que
votre vertu soit persécutée jusqu'au
tombeau, où cette fureur aveugle ira
peut-être agiter vos paisibles cendres, je
veux avoir sans cesse devant les yeux vos
disgrâces ; je les publierai par-tout pour
faire honte à ce siècle ingrat qui ne nous
a pas connus : je n'épargnerai rien, puisque rien ne se veut déclarer pour vous,
et qu'on ne veut point se lasser d'accabler
un innocent. Quoi! sans cesse la mémoire pleine de mes malheurs passés,
j'en craindrai encore de nouveaux?
Tremblerai-je toujours pour vos jours?
Ne parlera-t-on plus chez nous de mon
cher Abailard que la larme à l'œil, et
son nom ne se prononcera-t-il jamais
qu'avec un soupir? Voyez, je vous prie,
l'état où vous m'avez réduite : triste, affligée et sans aucune consolation, si elle
ne vient de vous. Ne me la refusez pas,
je vous en conjure : faites-moi un détail
fidèle de tout ce qui vous regarde. Quelque douloureux qu'il soit, peut-être qu'en
confondant mes soupirs avec les vôtres,
vous en souffrirez moins, s'il est vrai,
comme on le dit, que les peines qui sont
partagées deviennent plus légères. Ne
nous dites pas pour excuse que vous voulez ménager nos pleurs. Des larmes de

filles renfermées dans un triste asile de la pénitence sont-elles à ménager? Et d'ailleurs, si vous vouliez attendre à nous mander des choses agréables, vous attendriez trop. La fortune se range difficilement du parti des hommes vertueux. Elle n'a pas d'assez bons yeux pour démêler un sage dans une foule de peuple. Elle est trop aveugle. Ecrivez-nous sans attendre de ces miracles, ils sont trop rares. Ce me sera, je vous l'avouerai toute ma vie, quelque chose de bien doux d'ouvrir une de vos lettres. C'est de cette espèce de joie que Sénèque, que vous m'avez fait lire, se laissoit toucher quand il en ouvroit une de Lucile. Il assure qu'il n'en recevoit point qu'il ne ressentît le même plaisir que lorsqu'ils étoient ensemble; et j'ai remarqué, depuis votre absence, que nous sommes plus attachés aux portraits des personnes que nous aimons lorsqu'un long voyage les éloigne de nous, que lorsqu'elles sont proches. Il semble que durant leur absence cette peinture en devienne meilleure. Du moins notre imagination, qui se les peint sans cesse dans le désir de les revoir, la rend plus ressemblante, et, par un effet de l'amour, on trouve comme vivant ce qui ne sera que de vaines couleurs et un peu

de toile quand l'objet aimé sera de retour.
J'ai votre portrait, je ne passe jamais devant sans m'y arrêter, et quand vous étiez
ici, à peine y portois-je ma vue. Si la peinture, qui n'est qu'une représentation
muette des objets, donne tant de plaisir,
qu'elle joie n'inspirent point les lettres !
Elles sont animées, elles parlent, et
portent avec elles cet esprit qui explique
les mouvemens du cœur. Elles renferment
en elles le feu de nos passions. Elles disent tout ce qu'on peut se dire quand on
est ensemble, et quelquefois plus hardies,
elles en disent davantage. Nous pouvons
nous écrire. Un plaisir si innocent ne nous
est point interdit. Ne perdons pas, par
notre négligence, le seul bien qui nous
reste. Je dirai que vous êtes mon époux,
vous me verrez parler en épouse ; et,
malgré tous vos malheurs, vous serez,
dans une lettre, tout ce que vous voudrez
être. C'est pour soulager des personnes
enfermées comme moi que les lettres
sont inventées. Ayant perdu le plaisir
effectif de vous voir et de vous posséder,
là je l'y trouverai en quelque manière. Je
lirai vos sentimens les plus secrets, je les
porterai sans cesse sur moi, et les bai-
serai à tous momens. Enfin, si vous êtes
capable de quelque jalousie, que ce,

soit seulement pour les caresses que je
leur ferai, et ne soyez rival que du bonheur de vos lettres. Pour ne vous point
faire de peine, écrivez-moi sans applica-
tion et avec négligence. Je veux que
votre cœur parle, et non pas votre esprit.
Je ne saurois vivre si vous ne me dites
que vous m'aimez. Ce langage vous doit
être si naturel que je ne crois pas que
vous m'en puissiez tenir un autre sans
vous faire beaucoup de violence ; et d'ailleurs il est bien juste que vous refermiez,
avec quelques nouvelles marques d'un
amour constant, les plaies que vous avez
r'ouvertes dans mon ame, par le détail
que vous faisiez à votre ami en voulant
fermer les siennes. Ce n'est pas que je
vous reproche l'innocent artifice dont
vous vous êtes servi pour consoler un
affligé, en comparant sa misère à une
plus grande. La charité est ingénieuse et
louable dans ses pieux détours. Mais ne
nous devez-vous point quelque chose de
plus qu'à cet ami ? On nous appelle vos
sœurs, nous nous disons vos filles ; et s'il
y avoit dans la nature des termes qui
puissent encore nous attacher davantage
à vous, nous nous en servirions pour vous
marquer notre dévouement et ce que vous
nous devez. Quand un lâche silence cou-

vriroit nos justes reconnoissances, cette
église. ces autels, ces lieux en diroient
assez. Mais, sans laisser parler ni les
pierres, ni les marbres, je confesse que
vous êtes le seul et l'unique fondateur de
cette maison. Tout ce qui est ici est votre
ouvrage. C'est vous qui avez rendu célèbre, par votre abord, une solitude
affreuse qui ne l'étoit que par des meurtres
et des brigandages, et qui avez fait une
maison de prières d'une retraite de voleurs et de bêtes féroces. Ces cloîtres ne
doivent rien aux aumônes publiques, ni
aux libéralités des rois. Le dieu que nous
y servons n'y voit que vos innocentes richesses, et de simples filles dont vous
avez rempli ces lieux. Ainsi c'est à vous
que ce jeune plant doit tout ce qu'il est,
c'est à vous à y donner vos soins.

En m'écrivant vous écrirez à une
épouse; un sacrement a rendu ce commerce sans scandale; et, s'il n'est pas
assez assuré par des vœux qu'on peut
quelquefois négliger, j'ai dans un oncle
un barbare dont l'inhumanité sert de
rempart à tout ce que la tendresse et le
souvenir de nos plaisirs pourroient nous
inspirer. Vous n'êtes plus à craindre :
ne me fuyez point, écoutez mes soupirs. Il suffit que vous en soyez le té-

-moin. Si je suis dans un cloître par raison, persuadez-moi d'y demeurer par amour. Vous faites tout mon malheur: un autre pourroit-il le soulager? Si vous vous souveniez (eh! de quoi ne se souviennent point ceux qui ont aimé?) comme je passois les journées à vous attendre, comme je me dérobois à tout le monde pour vous écrire, quelles inquiétudes me coûtoit un billet jusqu'à ce qu'il fût venu entre vos mains, que de ménagemens il falloit avoir pour vous voir et pour mettre des gens dans la confidence..... Ce détail vous surprend, vous craindriez de l'entendre : mais je n'en rougis plus depuis que ma tendresse pour vous n'a plus eu de bornes. J'ai plus fait que tout cela aujourd'hui, je me suis haïe pour vous aimer. Je suis venue ici me perdre pour vous laisser vivre sans inquiétude. Il n'y a que la vertu jointe à un amour dégagé du commerce des sens qui puisse produire de tels efforts, le vice n'en est pas capable. Quand on aime le plaisir, on aime les vivans et non pas les morts, et l'on cesse de brûler pour ceux qui ne sont pas en état de répondre à notre ardeur. Mon cruel oncle l'avoit ainsi pensé. Il s'imaginoit que (semblable aux autres femmes) j'aimois votre sexe plutôt que

votre personne ; son crime a été inutile..
Je vous aime, et me venge de lui en
vous accabant de toute ma tendresse. Si
autrefois l'affection que j'ai eue pour vous
n'a pas été aussi forte qu'elle est présentement, si en ce tems-là l'esprit et le
corps partageoient en moi le plaisir de
vous aimer (je vous l'ai dit mille fois),
j'ai toujours été plus contente de posséder votre cœur, que tout ce qui fait la
félicité de notre sexe, et dans vous
l'homme n'étoit pas ce qui me flattoit le
plus. Vous en devez être persuadé par
cette répugnance que je vous témoignois
pour le mariage. Quoique je connusse
bien que le nom de femme étoit auguste
parmi les hommes et saint dans la religion, je trouvois plus de charmes dans
celui d'amie, parce qu'il étoit plus libre.
Les chaînes du mariage, quelqu'honora-
bles qu'elles soient, portent avec elles
un attachement nécessaire dont les nœuds
semblent ravir la gloire d'aimer : et je
voulois éviter la nécessité d'aimer un
homme, qui peut-être ne m'aimeroit pas
toujours. Ainsi je méprisois ce nom de
femme pour vivre heureuse avec celui
de maîtresse. Cette délicatesse d'une fille
qui vous aimoit avec tant de tendresse,
et moins encore qu'elle ne souhaitoit, ne

vous a pas échappé, puisque vous entre-
tenez votre ami dans cette lettre que j'ai
surprise. Vous lui disiez si bien que je
trouvois insipides ces engagemens pu-
blics, qui forment des nœuds que la mort
seule peut rompre, et qui font une triste
nécessité de la vie et de l'amour! Mais
vous n'ajoutez pas que cent fois je vous
ai protesté qu'il m'étoit plus doux de vivre avec Abailard comme sa maîtresse
que d'être impératrice, et qu'il y avoit
pour moi plus de bonheur à vous obéir
qu'à captiver légitimement le maître de
toute la terre. Les richesses et les grandeurs ne sont point les charmes de l'amour.
La véritable tendresse sait séparer de
l'amant tout ce qui n'est pas lui-même,
et mettre à part sa fortune, son rang et
ses emplois pour le considérer seul. Ce
n'est pas aimer que de vouloir du bien et
des dignités dans les embrassemens tièdes
d'un mari indolent. C'est chercher, dans
un mariage si médité, de quoi conten-
ter son ambition plutôt que son cœur. Je
veux que cet attachement mercenaire
soit suivi de quelques honneurs et de quelques biens; mais je ne croirai jamais
qu'on goûte ainsi les plaisirs sensibles
d'une douce union, ni qu'on sente ces
émotions secrètes et charmantes de deux

cœurs qui se sont long-tems cherchés pour s'unir. Ces martyrs du mariage soupirent sans cesse pour de meilleurs établissemens qu'ils croient être échappés. La femme voit des maris plus considérés que le sien; le mari, des femmes plus riches que la sienne. Ces vues intéressées font naître des regrets, et ces regrets la discorde. On veut se quitter, du moins on le souhaite. Ce désir inquiet et dévorant est le vengeur de l'amour, qu'on a offensé en croyant trouver, par l'amour, d'autres biens que l'amour même. S'il y a quelqu'apparence de félicité ici-bas, je suis persuadée qu'on ne la trouve que dans l'assemblage de deux personnes qui s'aiment avec liberté, qu'un secret penchant a jointes, et qu'un mérite réciproque a rendues satifaites. Pour lors il n'y a point de vide dans leur cœur, tout y est en repos, parce que tout y est content. Si je vous croyois aussi persuadé de mon mérite que je le suis du vôtre, je vous dirois qu'il a été un tems qu'on pouvoit vous mettre de ce nombre. Et comment n'aurois-je pas été persuadée de votre mérite. Quand j'en aurois voulu douter, l'estime universelle m'auroit déterminée en votre faveur. Y a-t-il un pays, une province, une ville qui ne

vous ait souhaité ? Vous retiriez-vous sans
qu'ils vous suivissent du cœur et des yeux ?
Tout le monde se faisoit un plaisir de pouvoir dire : J'ai vu aujourd'hui Abailard.
Les femmes même du plus haut rang,
malgré les lois de bienséance qu'un monde
tyran leur a imposées, témoignent assez
qu'elles sentoient pour vous quelque chose
de plus qu'une simple estime, j'en ai
connu dont les maris étoient fort aimables,
qui néanmoins étoient jalouses de mes
joies, et qui marquoient assez que rien
ne vous auroit été impossible auprès
d'elles.

Aussi qui auroit pu tenir contre vous ?
Votre réputation, qui flattoit la vanité
de notre sexe, votre air, vos manières,
ces yeux vifs, où le dedans de votre âme
étoit admirablement dépeint, les charmes
de votre voix, votre conversation, ce tour
insinuant et persuasif, cette simplicité
facile et délicate, tout en vous parloit en
votre faveur. Bien différent de ces savans
qui, pour en savoir trop, n'en savent pas
assez pour badiner agréablement, et qui,
avec tout leur esprit, ne sauroient se faire
aimer des femmes, avec quelle facilité ne
faisiez-vous point des vers; cependant ces
bagatelles, qui ne servoient qu'à vous dé-
lasser d'une étude plus sérieuse, faisoient

tous les plaisirs et les délices des gens du meilleur goût, et parmi eux il n'y en a point qui ne vous juge très-digne de cette Rose que vous nous avez si ingénieusement expliqué. On voit dans les moindres chansons que vous avez faites pour moi des agrémens et des beautés à les faire durer tant qu'il y aura des amans et des maîtresses. Ainsi on chantera pour d'autres ce que vous avez cru ne faire que pour moi, et ces paroles naturelles et mesurées, qui étoient le témoignage de votre amour dans ces petits vers et ces chansonnettes, serviront à d'autres pour s'expliquer beaucoup mieux qu'ils n'auroient pu faire. Que ces galanteries m'ont fait de rivales! Combien de belles ont voulu se les approprier? C'étoit un hommage que leur amour propre rendoit à leur beauté. Que j'en ai vu se déclarer pour vous par un souris flatteur, lorsqu'on leur disoit, après une simple visite que vous leur aviez rendu, qu'elles étoient la Sylvie de vos chansons! D'autres, par désespoir, m'ont reproché que je n'avois de beauté que celle que vos vers me donnoient, ni d'autres avantages sur elle que celui d'être aimée de vous. Le croirez-vous? malgré le fonds d'amour propre qui est dans toutes les femmes, je m'estimois assez

heureuse d'avoir un amant à qui je devois
tous mes agrémens, et je me faisois un
plaisir secret d'être servie par un homme
qui, quand il lui plaisoit, pouvoit de sa
maîtresse faire une déesse. Flattée de
votre gloire, je lisois avec complaisance
tout ce que vous me donniez d'attraits,
et souvent, sans me consulter, je me
croyois telle que vous me dépeigniez
pour pouvoir plus sûrement vous plaire.
Mais où est le tems dont je parle? Je
pleure à présent mon amant, et de toutes
mes joies il ne me reste plus qu'un souvenir qui m'accable. Vous qui fûtes jalouses de mon bonheur, apprenez que
celui que vous m'enviez n'est plus ni pour
vous, ni pour moi. Je l'ai aimé, et mon
amour a fait son crime, et causé son supplice. Ces foibles attraits que je possède
l'avoient charmé. Contens l'un de l'autre,
nous vivions heureux, et passions tran-
quillement les plus beaux de nos jours. Si
c'est un crime de vivre ainsi, ce crime
plaît encore, et je n'ai d'autre désespoir
que de rester innocente. Mais mon malheur est d'avoir eu des parens inhumains,
dont la haine et la rage ont troublé le
calme heureux où nous étions. Si ces barbares eussent rappelé leur raison, je serois présentement en paix auprès de mon

2.

époux. Qu'ils furent cruels, lorsque leur aveugle fureur pressa un assassin de vous surprendre dans le sommeil! Pourquoi n'étois je pas avec vous? Je vous aurois défendu aux dépens de mes jours. Mes cris, mes seuls cris auroient arrêté son bras: mais en cet endroit l'amour est offensé, ma pudeur et mon désespoir m'ôtent la parole : aussi bien y a-t-il une éloquence à se taire. Dites-moi seulement pourquoi vous avez commencé à me négliger après ma profession où vous savez que je n'ai apporté d'autre disposition que celle de vos malheurs, ni d'autre vocation que celle de votre volonté. Quel peut être le sujet de votre froideur? Ne seroit-ce point que la seule vue du plaisir vous auroit approché de moi, et que ma tendresse, qui ne vous laissoit plus rien à souhaiter, auroit ralenti vos feux? Tu as plu, malheureuse, quand tu ne voulois pas plaire; tu méritois des soins quand tu devois les rejeter, et de l'encens quand tu éloignois le bras qui te l'offroit. Mais depuis que ton cœur s'est amoli, qu'il s'est laissé toucher, qu'il s'est rendu; depuis que tu es sacrifiée et immolée, on te néglige. Une triste expérience m'a fait connoître qu'on fuit ceux à qui on a trop d'obligation, et que le comble des faveurs

attire plutôt la froideur d'un amant que
la reconnoissance. Aussi ce lâche cœur
s'est trop mal défendu pour vous être
cher long-tems. Vous l'avez pris sans
peine, vous le rendez de même ; mais ingrat, je n'y consens pas ; et quoique je
ne doive plus avoir ici de volonté, j'y ai
conservé secrètement celle d'être aimée
de vous. En prononçant mes tristes vœux
j'avois sur moi le dernier billet que vous
m'avez écrit, par lequel vous me protestiez que vous seriez toujours tout à moi,
et que vous ne viviez que pour m'aimer.
Ainsi je me suis offerte avec vous ; vous
aviez mon cœur, j'avois le vôtre. Ne me
demandez rien, et souffrez ma passion
comme une chose qui est à vous et dont
vous ne pouvez pas vous défaire. Hélas !
quelle lâcheté de parler de la sorte ! on ne
voit ici qu'un Dieu, et je ne parle que
d'un homme. Vous m'y forcez, cruel et
infidèle que vous êtes : faut-il tout d'un
coup ne m'aimer plus ? que ne me trom-
piez-vous quelque tems ! Si vous m'eussiez
du moins donné quelques foibles témoi-
gnages d'une amitié mourante, j'aurois
aidé à me tromper moi-même. En vain
je vous veux croire capable de quelque
constance, vous m'ôtez toutes sortes de
moyens de vous excuser. On ne sauroit

vivre plus long-tems sans vous voir. Si cela est difficile, on se contentera de quelques lignes de votre main. Est-ce une si grande peine d'écrire à ce qu'on aime? On ne vous demande point de ces lettres que vous chargez de votre réputation et de votre science? on ne veut que de ces billets qui échappent au cœur, et que la plume a peine à suivre; bien loin que l'esprit se mêle d'y réfléchir. Que je me suis trompée quand je vous ai cru tout à moi en prenant ce voile, et en m'engageant à vivre éternellement sous vos lois! car, en faisant profession; j'ai prétendu n'en point faire d'autre que d'être à vous, et je me suis fait volontairement une nécessité du désir que vous aviez de me voir enfermée: il n'y a donc plus que la mort qui me puisse faire abandonner un lieu où vous m'avez placée, encore mes cendres y resteront-elles pour attendre les vôtres, ou pour vous marquer plus long-tems, mon obéissance. Que sert de cacher le secret de ma vocation? Vous le savez, ce n'est ni mon zèle, ni ma dévotion qui m'ont transportée dans un cloître. Votre conscience vous en est un témoin trop fidèle pour oser en disconvenir. Oui, la chair m'a transportée ici, et non pas l'esprit. J'y suis, j'y demeure, j'y reste. Un

amour malheureux et des parens cruels
m'y condamnent. Si je n'ai pas la conti-
nuation de vos soins, si je perds votre
amitié, quel est le fruit de ma prison?
quelle récompense y a-t-il à espérer
pour moi? Car les restes infortunés d'un
amour malheureux, et votre malheur particulier, m'ont revêtue d'un habit chaste,
et non pas du désir sincère d'une véritable pénitence. Ainsi je combats et tra-
vailles en vain. Je suis parmi les épouses
d'un Dieu la servante d'un homme, parmi
les généreuses esclaves de la croix la foible captive d'un amour humain. Je suis à
la tête d'une communauté, dévouée seulement à Abailard. M'éclairez-vous, mon
Dieu? votre grâce me fait-elle prononcer
ces paroles, ou si mon désespoir me les
arrache? Du moins je me sens, dans le
temple de la chasteté, couverte seulement
des cendres du feu qui nous a brûlées. Je
m'y voyois, je l'avoue, comme une pécheresse, mais qui, bien loin d'y pleurer
son amour, n'y pleure que son amant; et
qui, par une foiblesse indigne de l'état où
je suis, rappelle sans cesse la mémoire
de ses fautes passées, ne pouvant en
commettre de nouvelles. Quel détail!
Je me reproche mes péchés, je vous accuse des vôtres : et pourquoi tout cela,

voilée comme je suis? En quel désordre me jetez-vous? Qu'il est dur de combattre toujours pour son devoir contre son inclination! Je sais ce que je dois au voile qui me couvre, mais je sens encore mieux ce qu'une longue habitude d'aimer peut sur une personne sensible. Je suis emportée par mon penchant. Mon amour jette le trouble jusqu'au fond de mon esprit et de ma volonté. J'écoute un moment les sentimens de piété que la grâce m'inspire; et dans un autre je laisse régner dans mon imagination tout ce que ma tendresse a de plus doux. Je vous dis aujourd'hui tout ce que j'avois résolu de ne pas vous dire hier. Je ne voulois plus vous aimer; je songeois que j'avois fait des vœux, que j'étois vouée, ensevelie et comme morte. Mais du fond de mon cœur il s'élève peu à peu une vapeur qui surmonte tous ces sentimens, et qui offusque ma raison et ma piété. Vous régnez dans des endroits si cachés et si imperceptibles de ce cœur, que je ne puis vous y attaquer: et quand je songe à rompre les nœuds qui m'attachent à vous, je sens que tous les efforts que je puis faire ne servent qu'à les resserrer davantage. Eh! par pitié, aidez une misérable à renoncer à ses désirs, à soi-même, et jusqu'à vous, s'il se peut. Si

vous êtes un amant, secourez une maîtresse ; et, si vous êtes un père, consolez
une fille. Ces noms ne sauroient-ils vous
émouvoir ! Rendez-vous à la pitié ou à
l'amour. Si vous le faites, je vais me re-
connoître religieuse, sans plus profaner
ma vocation. Me voilà prête à m'humilier
avec vous devant les richesses de la pro-
vidence de mon Dieu, qui se sert de tout
pour notre sanctification ; qui, par un effet
de sa grâce, purifie ce qui étoit impur
dans son principe ; qui, par une abondance
de miséricorde inconcevable et digne de
lui seul, nous fait grâce presque malgré
nous, et nous dessile insensiblement les
yeux pour entrevoir tant de bontés que
nous ne voulions pas connoître. Je croyois
finir, mais pendant que je suis en querelle
avec vous, il faut que mon cœur épanche
tous ses soupçons et tous ses reproches. Ce
fut, je vous l'avoue, une chose bien dure
de voir que, dans le dessein que nous
avions pris de nous donner à Dieu, vous
m'engageâtes à le faire avant que vous
eussiez pris parti vous-même. Quoi ! ap-
préhendiez-vous de voir renouveler en
moi l'exemple de la femme de Loth, qui
regarda derrière elle en fuyant Sodome !
Si ma jeunesse et mon sexe vous faisoient
craindre que je pusse retourner vers le

siècle, mes manières, ma fidélité, ce
cœur que vous deviez connoître, devoient
vous guérir de toutes sortes de soupçons.
Cette prévoyance injuste me toucha sen-
siblement. Quoi! disois-je, autrefois il
étoit assuré de ma simple parole, et il
faut à cette heure un Dieu et des vœux
pour lui répondre de moi? Quel sujet
lui ai-je donné dans tout le cours de ma
vie, qui pût lui faire soupçonner la moindre légèreté? J'aurois pu me trouver à
tous les rendez-vous, et je balancerai à
le suivre dans les maisons de sainteté!
Quoi! moi qui m'étois faite la victime
du plaisir pour le satisfaire, j'aurois re-
fusé d'être un holocauste d'honneur pour
lui obéir? Le vice a-t-il donc tant de
charmes pour des ames bien nées, que
depuis qu'on a bu dans la coupe des pécheurs, on ne puisse prendre qu'à regret
le calice des saints? Ou bien avez-vous
cru vous-même être un meilleur maître
pour le vice que pour la vertu? Croyez-
vous que je fusse plus aisée à persuader
pour l'un que pour l'autre? Non, ce
doute seroit injurieux à tous les deux?
La vertu est trop belle pour ne pas l'embrasser quand vous la découvrez. Tout a
des charmes pour moi quand vous le voulez. Rien ne m'est affreux ni difficile où

vous paroissez. Je ne suis foible que quand je suis seule, et ne doute que lorsque vous ne m'éclairez pas. Vous seriez moins négligent si vous aviez quelque chose à craindre ; mais que pouvez-vous craindre ? J'en ai trop fait ; c'est aujourd'hui qu'il faut que je triomphe de votre ingratitude. Lorsque nous vivions heureux, vous pouviez douter si c'étoit le plaisir qui me lioit à vous plutôt que l'amitié. Mais, à cette heure, le lieu d'où je vous écris en fait la décision. Je vous aime ici du moins autant que dans le siècle. Si j'eusse aimé la volupté, lorsqu'on attenta sur vous, je n'avois que vingt ans. Quel âge, et qu'il restoit encore d'hommes au monde pour moi, Abailard n'y étant plus ! C'est donc pour l'amour de vous que dans un âge si convenable à l'amour je triomphe de l'amour même, en me jetant toute vive dans un monastère. C'est à vous que je donne ces restes de beauté, beauté qui flétrit les nuits une veuve : et ces jours si longs que je passe sans vous voir, comme vous n'en pouvez jouir ; je les reprends de vous pour les offrir à Dieu, et je lui fais un second présent de mes jours, de mon cœur et de ma vie. Je m'étends peut-être un peu trop sur tout ce que je souffre pour vous. On ternit l'éclat d'une bonne action lorsqu'on en fait soi-même le panégyrique : il est vrai, mais quand on a affaire à des ingrats, on ne peut trop parler de ce qu'on fait pour eux. Si vous étiez de ce nombre, ce reproche vous diroit bien des choses : mais non, vous n'en êtes pas. Que deviendrois-je, hélas ! si vous méritiez ce reproche ? Irrésolue que je suis, je m'aperçois que j'aime encore. Je ne dois néanmoins plus rien espérer. J'ai renoncé à la vie, au monde, et, dépouillée de tout, je sens seulement que je n'ai pas renoncé à Abailard. En perdant mon amant, je garde avec jalousie mon amour : vœux, monastère, je n'ai pas perdu l'humanité sous vos impitoyables règles. Vous ne m'avez pas fait un marbre en changeant mon habit. Mon cœur ne s'est point endurci en s'approchant de vous. Je suis encore aussi sensible que jamais à ce que j'ai été. Si c'est blesser votre empire que d'en user ainsi, servez-vous de mon amant pour me remettre sous votre obéissance. Votre joug me sera léger si sa main le supporte. Vos exercices me deviendront aimables s'il veut m'en montrer l'utilité. Retraite, solitude, vous n'avez rien d'affreux, si je puis apprendre que j'aie quelque part dans son souvenir. Un cœur qui a été aussi touché que le mien ne se détermine pas sitôt à l'indifférence. On hait, on aime bien des fois avant qu'on puisse venir à bout d'être tranquille ; et l'on se fait toujours de loin quelqu'espérance de n'être pas tout-à-fait oublié. Oui, Abailard, je te conjures, par ces liens que je traîne ici, d'en relever le poids ; tu peux me les rendre aimables. Donne - moi des maximes d'un saint amour. Ne pouvant plus être ton épouse, je fais gloire d'être celle d'un Dieu. Mon cœur dédaigneroit tout autre. Fais-moi connoître comment cet amour divin s'élève et se purifie. Quand nous étions tous deux dans le monde, on n'entendoit que tes chansons, qui apprenoient à tout le monde notre joie et nos plaisirs. Présentement que nous sommes dans le port de la grâce, n'est-il pas juste de parler avec moi de mon bonheur, et de m'apprendre ce qui peut l'entretenir ? Ayez pour moi, dans l'état où je suis, les mêmes complaisances que vous aviez dans le siècle. Sans changer de cœur, changeons d'objet. En quittant nos chansons, chantons des hymnes, élevons nos cœurs à Dieu, et n'ayons de transports communs que pour sa gloire. J'attends cela de vous ; Dieu a un droit particulier sur le cœur des grands

hommes qu'il a pris plaisir de former.
Quand il les touche, il les ravit, et fait
qu'ils ne parlent plus et ne respirent plus
que pour lui Jusqu'à ce que ce moment
de grâce arrive pensez à moi, ne m'oubliez
pas. Souvenez-vous de ma tendresse, de
ma fidélité, de ma constance. Aimez
une maîtresse, chérissez une fille, une
sœur, une épouse. Songez que je vous ai
aimé, que je vous aime encore, que je
combats pour ne vous plus aimer. Quel
mot! quel dessein! Je frissonne, et mon
cœur se révolte contre ce que je dis,
prête à l'effacer. Je finis cette grande
lettre en vous disant, si vous voulez (et
plût à Dieu que je le pusse), pour jamais,
adieu.

LETTRES

D'HÉLOÏSE ET D'ABAILARD.

Première lettre d'Héloïse à Abailard ;
par M. DE BEAUCHAMPS.

UNE lettre en mes mains l'autre jour fut remise,
J'y reconnus les traits de l'époux d'Héloïse
Et, me servant des droits que j'ai sur cet époux,
Je crus pouvoir l'ouvrir, puisqu'elle étoit de vous,
Je crus que sa lecture apaisant mes alarmes,
Calmeroit mes ennuis et sécheroit mes larmes.
Curieuse, je l'ouvre avec empressement :
Je me flatte, j'espère y trouver mon amant.
Illusion cruelle où l'Amour nous entraîne !
Je veux me consoler et j'irrite ma peine.
D'un ami malheureux soulageant les douleurs ;
Votre main à ses yeux exposoit nos malheurs :
J'y trouvai mille fois et mon nom et le vôtre,
Et mille affreux revers entassés l'un sur l'autre.
Chaque ligne à mon cœur porta de nouveaux coups,
Deviez-vous me réduire à me plaindre de vous ?
Deviez-vous, pour calmer des disgrâces légères,
Faire un si long récit de toutes nos misères ?
Non. Vous portez trop loin le zèle et l'amitié,
Cruel, et l'Amour seul vous trouve sans pitié.

3.

Quelles réflexions vinrent troubler mon ame !
Je sentis tout-à-coup ressusciter ma flamme.
Ces transports, si long-tems retenus dans mon cœur,
Plus forts que ma vertu reprirent leur vigueur.
Dans mes yeux agités on lisoit ma tendresse :
Toutes mes actions annonçoient ma foiblesse.
Même au pied des autels . trop pleine de mes feux,
De profanes soupirs se mêloient à mes vœux.
Excusez . ô mon Dieu ! le trouble qui m'accable :
Malgré ma volonté mon cœur me rend coupable.
    Funeste souvenir de mon bonheur passé,
L'absence, ni le tems, ne t'ont point effacé ;
Tu rappelles encore à ma triste mémoire
Ces momens où l'Amour prenoit soin de ma gloire,
Où le tendre Abailard me donnoit tous ses soins,
Où nos cœurs de nos feux étoient les seuls témoins.
Je ne t'oublierai pas, cher époux que j'adore,
Je t'entends, je te vois, je te possède encore.
Si pour toute la terre Abailard n'est plus rien,
Héloïse en lui seul voit son souverain bien.
Du destin conjuré la fureur impuissante,
Ne détruira jamais l'ardeur de votre amante.
Ce n'est pas l'homme en vous qui faisoit mon bonheur,
L'amant . le seul amant possédoit tout mon cœur,
Vous savez que toujours ce cœur plein d'innocence
Modéra de vos feux la vive impatience ;
Et que , fuyant les noms et d'épouse et d'époux,
Les liens de l'Amour me paroissoient plus doux ,
De la soif des plaisirs Héloïse pressée
N'a jamais sur les sens arrêté sa pensée,

Et , bornant tous mes vœux à la douceur d'aimer,
Cette seule douceur eut droit de me charmer.
Hélas! si vos malheurs m'arrachent quelques plaintes,
C'est pour vous , non pour moi, que j'en sens les
    atteintes,
Votre seul intérêt me fait verser des pleurs
Que je refuserois à toutes mes douleurs.
Eh! puis-je , sans frémir, voir votre oncle perfide
Animer contre vous une main homicide ?
Puis-je voir sans pleurer vos ennemis jaloux,
Conduits par leur fureur , s'élever contre vous ,
Obscurcir lâchement la gloire la plus pure ,
Et sans honte mêler le ciel dans leur injure?
En vain , justifiant le sens de vos écrits ,
Vous voulûtes fléchir ces superbes esprits :
L'innocent Abailard succomba sous leurs trames ;
Ses ouvrages sacrés périrent dans les flammes.
Lui-même , menacé d'une injuste prison ,
N'échappa qu'en fuyant à cette trahison.
Objet infortuné de la haine publique ,
On ne vous regardoit que comme un hérétique ;
On blâmoit à l'envi le nom de Paraclet ;
Ce nom de votre orgueil paroissoit un effet.
Monde injuste et cruel, que ta plainte est frivole !
Tu poursuis Abailard , et son Dieu le console.
Dans le fond d'un désert ce Dieu consolateur ,
Malgré tes vains efforts , rend le calme à son cœur.
    De la chair et du sang esclaves mercenaires ,
Traîtres religieux, qui vous dites ses frères ,
Pour ternir sa vertu vous avez tout osé :

De crimes et d'erreurs vous l'avez accusé ;
Et poussant à l'excès l'insolence et l'envie,
Perfides ! vous avez attenté sur sa vie :
Le tems, qui calme tout, ne vous adoucit pas ;
Vous voulez, inhumains, vous voulez son trépas ;
Et peut-être qu'un jour on vous verra descendre
Au fond de son tombeau pour y troubler sa cendre.
Siècle injuste ! rougis de ton aveuglement ;
Et reconnois enfin le prix de mon amant,
Mais plutôt contre ui n'écoute que ta rage,
Son immortalité doit être ton ouvrage.
Que dis-je ? Juste Dieu ! me faudra-t il toujours
Redouter ta fureur et craindre pour ses jours !
Et devenu l'objet des plus vives alarmes,
Ne prononcerons-nous son nom qu'avec des larmes ?
Entendrai-je toujours ses filles et mes sœurs
Soupirer, s'attendrir, partager mes frayeurs ?
Voyez l'état affreux où vous m'avez plongée ;
Seule, foible, incertaine et sans cesse affligée,
Que deviendrai-je, hélas ! si vous m'abandonnez ?
Puis-je traîner sans vous mes jours infortunés ?
Mais si mon fol amour exige trop de vous ;
Venez, cher Abailard, soutenir ma foiblesse ;
Venez ou partager ou régler ma tendresse :
Du moins, cher Abailard, du moins écrivez-nous ;
Eh ! ne nous dites point que, ménageant vos filles,
Vous n'osez de vos maux faire gémir nos grilles.
Pourquoi nous épargner ? Épuisez tous nos pleurs ?
Nos yeux n'en peuvent trop donner à vos malheurs.
Ah ! si vous n'attendez que le ciel, moins contraire,

Laisse à votre vertu désarmer sa colère ;
Et que de votre sang , moins fiers, moins ulcérés ;
Vos mortels ennemis ne soient plus altérés ,
C'est inutilement attendre des miracles ;
Le mérite toujours rencontre des obstacles.
 Ce seroit pour mon cœur le plaisir le plus doux ,
De recevoir encore une lettre de vous.
Ainsi , lorsque Lucile écrivoit à ce sage (1)
Dont les écrits pour moi sont d'un si grand usage,
Le transport le plus vif, dans son âme excité,
Y rappeloit le calme et la sérénité ,
Et sur lui de Lucile une lettre reçue
Faisoit le même effet que celui de sa vue.
 Un portrait de l'absence adoucit la rigueur ;
Sa douce illusion passe des yeux au cœur,
Et l'amour dans ses traits renouvelle sans cesse
La maîtresse à l'amant, l'amant à sa maîtresse.
De cette erreur flatteuse on aime à s'occuper,
Et, sans oser se plaindre , un cœur se sent tromper ;
Mais bientôt le retour détruit cette imposture :
Ce fantôme charmant , cette aimable peinture ,
Quand l'objet de nos vœux vient finir nos douleurs,
N'est plus qu'un peu de toile et qu'un peu de couleurs.
 Une lettre plus vive et toujours animée ,
Nous découvre le cœur de la personne aimée :
Elle parle : on y voit ses moindres mouvemens,
Ses craintes, ses désirs et ses empressemens.
Interprête éloquente , une lettre rassemble
Tout ce qu'on se diroit si l'on étoit ensemble.

(1) *Sénèque.*

Quelquefois plus hardie, elle sert mieux nos vœux;
Et l'austère pudeur n'y contraint point nos feux.

    Ne nous refusons pas, dans notre état funeste,
Un plaisir innocent, et le seul qui nous reste.
Épouse d'Abailard, vous serez mon époux,
Ce nom sera toujours mon destin le plus doux,
C'est assez qu'à mon cœur vous puissiez le paroître,
Et vous serez pour moi ce que vous voudrez être.
Oubliez vos malheurs et j'oublirai les miens.
Que l'Amour seul préside à tous nos entretiens.
Que vos lettres, sans art et sans gêne tracées,
Soient pleines de tendresse et non pas de pensées.
Livrez-vous sans contrainte à toute votre ardeur;
Laissez confusément s'exprimer votre cœur.
Ah! si vous vous taisez, je ne saurai plus vivre.
Redoutez-vous l'Amour? n'osez-vous plus le suivre?
Ce Dieu, qui fut sur vous si puissant autrefois,
Vous a-t-il fait si tôt méconnoître ses droits?
Et cédant, sans combattre, au pouvoir de l'absence
N'osoit-il vous blesser qu'armé de ma présence?

    Ne m'abandonnez pas à ce soupçon affreux;
Rassurez une amante et partagez ses feux;
Ce que pour un ami fit un zèle sincère,
Pour une épouse en pleurs ne pouvez-vous le faire?
Je ne condamne pas votre attendrissement.
L'amitié peut régner dans le cœur d'un amant.
D'un zèle ingénieux j'approuve l'artifice;
Un supplice plus grand calme un moindre supplice;
Mais lorsque vous pouvez suspendre notre ennui,
Vous devez plus encore à vos filles qu'à lui.

Ce non respecteux demande un cœur de père ,
Et vous devez aimer autant qu'on vous révère.
Ce non renferme en lui vos devoirs et les leurs,
Votre cœur est le prix qui doit payer leurs cœurs.
Elles n'imitent point votre injuste silence ,
Et Dieu même est témoin de leur reconnoissance.
Ce cloître , ces jardins , ce temple, ces autels ,
De votre piété monumens immortels,
A nos derniers neveux , portant votre mémoire,
Des horreurs de l'oubli sauveront votre gloire :
On saura qu'animé d'un zèle généreux ,
Abailard , magnanime autant que malheureux,
D'un antre de voleurs, lieu désert et sauvage ,
Dévoué de tout tems au meurtre , au brigandage ,
Fit un lieu d'oraison , un asile sacré ,
Où de Dieu nuit et jour le nom fut adoré :
On saura que pour vous des filles pénitentes
Y poussoient vers le ciel des prières ardentes ;
On saura que ce temple et ces superbes toits ,
Sont votre unique ouvrage et non celui des rois.
Mais, ce qui doit encor vous flatter davantage ,
On saura qu'Héloïse et ce jeune héritage ,
Chers objets de vos soins, vous doivent le bonheur
D'être un temple vivant et digne du Seigneur.
Venez donc affermir nos vœux, notre clôture ,
Venez fortifier la grâce et la nature.
Héritière d'Adam , coupables comme lui ,
Notre cœur a besoin de secours et d'appui ;
Et nous cachons , hélas ! sexe foible et fragile ,
Un trouble dévorant sous un dehors tranquille.

Tantôt enfans de haine et tantôt de l'amour,
La grâce et le péché triomphent tour à tour.
C'est peu d'aller à Dieu, c'est peu de le connoître ;
Il faut n'aimer que lui, n'avoir que lui pour maître,
Ne vivre qu'en lui seul, s'en laisser pénétrer,
S'anéantir soi-même et lui tout consacrer :
Mais l'homme chancelant s'arrête et perd courage ;
Par le moindre plaisir le monde le rengage,
Et le sublime effort d'un parfait dévoûment
N'est pas pour des pécheurs, l'ouvrage d'un moment.
Tu peux seul, ô mon Dieu ! par ta toute puissance,
Attacher nos désirs, fixer notre inconstance,
Et des feux de ta grâce, allumant notre foi,
Nous faire détester tout ce qui n'est pas toi.

   Imitez, Abailard, le zèle de l'apôtre ;
Dieu bénit son travail, il bénira le vôtre :
Paul sauva les Gentils, vous sauverez vos sœurs ;
Que cet emploi pour vous doit avoir de douceurs,
Je sais que votre esprit, ardent, infatigable,
Ne s'est point émoussé dans un repos coupable ;
Mais vous donnez vos soins à des cœurs endurcis,
Et vous abandonnez d'innocentes brebis,
Qui, pleines de respect et d'ardeur pour leur père,
Mettroient tout leur bonheur à vous suivre, à vous
    plaire
Devez-vous prodiguer à des hommes ingrats
Des mystères sacrés qu'ils ne conçoivent pas,
Et répandre sans fruit le grain de l'Evangile
A travers des rochers ou dans un champ stérile ?
Tandis que vous pouvez, le versant parmi nous,

Produire des moissons qui soient dignes de vous.
Mon cœur n'a-t-il donc plus ce pouvoir sur le vôtre ?
Dois-je, pour vous toucher, parler au nom d'un autre?
Craignez-vous de m'entendre et de m'entretenir ?
Du crime de Fulbert voulez-vous me punir ?
Et me laissant errer au gré de ma foiblesse,
Détournez-vous les yeux d'une ame pécheresse ?
Cependant, entre nous, grâce à nos ennemis,
Grâce aux vœux que j'ai faits, tout commerce est
    permis :
Héloïse voilée, Abailard insensible,
Quel obstacle à nos feux plus grand, plus invincible?
Ne me fuyez donc pas. Cédez à mes désirs ;
Vous n'êtes plus à craindre, écoutez mes soupirs.
Conduite par raison dans ce lieu solitaire,
Faites que par vertu je commence à m'y plaire.
Auteur de tous mes maux, venez les soulager ;
Contre vous, contre moi, venez me protéger.
    D'une vive tendresse une ame possédée,
En conserve toujours l'impétueuse idée.
Tel qu'un feu dévorant, l'amour laisse des traits
Dont les impressions ne s'effacent jamais.
Vous vous ressouvenez de cette impatience
Où me précipitoit la plus légère absence ;
Que passant à vous voir, et les nuits et les jours,
Je les trouvois trop prompts, et mes plaisirs trop
    courts.
    Quelle que fût votre ardeur j'étois encor plus
    tendre :

2.   4

Qu'un billet me coûtoit pour vous le faire rendre?
Je le suivois des yeux, et mon cœur éperdu
Ne pouvoit se calmer qu'il ne vous fût rendu.
Pour engager quelqu'un dans notre confidence,
Je prodiguois les soins, l'argent, la complaisance;
Que ne faisois-je point pour vous marquer mes
    feux,
Pour m'occuper de vous, et pour vous rendre
    heureux?
Ce funeste récit vous trouble, vous étonne,
Vous plaignez le désordre où mon cœur s'abandonne.
Ah! ne rougissez point d'entendre les succès
D'une ardeur que pour vous j'ai portée à l'excès,
J'ai renoncé pour vous aux douceurs de la vie:
Je me suis enfermé, et je me suis haïe.
Un amour vertueux produit seul ces efforts:
Le plaisir fait aimer les vivans, non les morts;
Et lorsque ses attraits peuvent tout sur une ame,
Le même coup détruit son espoir et sa flamme.
    Lorsque je vous perdis je n'avois que vingt ans,
Je recevois par-tout des vœux et de l'encens,
J'avois de la beauté; la jeunesse riante
Répandoit sur mon teint une fraîcheur naissante:
Un naturel heureux, un esprit cultivé,
Des biens, de la naissance, un cœur grand, élevé;
J'étois telle, en un mot, qu'il faut être pour plaire,
Et je pouvois changer sans paroître légere;
Cependant vous savez que fidèle à ma loi
De votre volonté je me fis une loi:
On me vit aux autels, victime obéissante,

Consacrer ma jeunesse , et remplir votre attente;
Pourquoi , libre vous-même , eûtes-vous la rigueur
De disposer de moi ? Doutiez-vous de mon cœur?
Craigniez-vous qu'un rival , plus tendre et plus
    aimable ,
N'allumâ dans mon sein une flamme coupable ?
C'est ainsi que pensoit mon oncle furieux ,
Quand il osa tramer son complot odieux ;
Il crut que de mon sexe imitant la foiblesse
Le vôtre étoit l'objet de toute ma tendresse.
Ton crime est inutile ; oncle dénaturé ;
En vain , barbare , en vain tu l'as défiguré ;
Abailard dans mon cœur sera toujours le même ;
Ce que j'aimois en lui , c'est encor ce que j'aime ;
Et mon amour plus fort que ta férocité ,
Me venge de ta haine et de ta cruauté.
O toi , qui de nos cœurs perces le sombre abîme ,
Et qui de la vertu sait démêler le crime !
Regardes-tu , Seigneur , d'un œil plein de courroux
Les tendres sentimens qu'on a pour un époux?
Non d'un lien si fort l'impression sacrée ,
Dans un cœur bien épris n'est jamais altérée.
Il respecte son choix et sait toujours aimer
Ce qui put une fois lui plaire et l'enflammer.
Telle est , cher Abailard , telle est ton Héloïse;
Fidéle aux mouvemens dont elle fut éprise ;
Des rigueurs de la mort deux fois victorieux ,
Son amour épuré la suivra dans les cieux.
    Qu'est devenu le tems, où facile à me croire,
Vous vous applaudissiez d'une douce victoire?

Où , content du plaisir de régner sur mon cœur,
Le vôtre n'aspiroit qu'à se voir mon vainqueur?
Tout cédoit à l'éclat de votre renommée ;
Vous charmiez tout le monde, et j'étois seule aimée;
L'épouse la plus sage , empressée à vous voir,
S'arrachoit sans succès aux lois de son devoir.
Par-tout où vous étiez on craignoit votre absence,
Et chacun à l'envi briguoit votre présence.
Les peuples et les grands s'écrioient en tous lieux ,
Le célèbre Abailard s'est offert à nos yeux,
Nous avons possédé ce trésor de sagesse!
Heureux qui peut le voir et l'entendre sans cesse!
Vous étiez la terreur des plus heureux époux,
Je ne pouvois blâmer leurs sentimens jaloux :
L'esprit vif , amusant, aussi tendre qu'aimable;
Qu'un rival tel que vous paroissoit redoutable!
Cet air noble , touchant, cette bouche , ces traits,
Ces yeux où de votre ame on lisoit les secrets ,
Cette simplicité facile et délicate,
Ce doux je ne sais quoi, qui prévient et qui flatte,
Tout annonçoit en vous un conquérant heureux ;
Et vous portiez par-tout et l'amour et ses feux.
Galant , et peu semblable à ces sages austères,
Qu'un savoir orgueilleux rend sombres et sévères,
Esprit universel , vous saviez à propos,
Badiner finement, et dire de bons mots.
Comment louer vos vers, ces vers dignes d'Ovide,
Heureux délassemens d'un travail plus solide!
Quand on sait s'exprimer avec tant de douceur,
Le langage des dieux devient celui du cœur.

Fiction délicate autant qu'ingénieuse ;
Emblême de l'amour, rose mystérieuse,
Abailard pénétra dans vos obscurités,
Et fit part à nos yeux de toutes vos beautés.
On chantera toujours ces tendres chansonnettes
Où vous peignez si bien vos atteintes secrettes ;
L'amant s'en servira pour exprimer ses feux,
La maîtresse crédule en flatera ses vœux.
L'amant les chantera comme son propre ouvrage,
L'amante les prendra pour un nouvel hommage,
Ainsi l'on parlera de nous, de nos ardeurs,
Tant que le tendre amour régnera sur les cœurs.

Combien n'ai-je point vu d'amantes infidelles
Se parer d'un tribut qui n'étoit point pour elles ?
Et dédaignant ailleurs un encens présenté,
D'un triomphe imposteur flatter leur vanité ?
Abailard, disoit l'une, a célébré mes charmes,
Il est venu me voir, il m'a rendu les armes :
L'autre, de vos chansons vouloit être l'objet ;
Toutes sur votre cœur formoient quelque projet.
Mais se désabusant d'une espérance vaine,
Je me voyois en butte à leur jalouse haine.
Vos vers de mes appas, auteurs officieux,
Faisoient seuls, disoit-on, tout l'éclat de mes
     yeux.
Sans vous, sans votre esprit, Héloïse ignorée,
Eût vécu dans l'oubli dont vous l'avez tirée.
Je bravois ces discours et cet emportement.
L'amour-propre outragé s'en plaignoit vainement,

4.

Et je m'applaudissois de me voir la maîtresse
D'un homme qui savoit me changer en déesse ;
J'aurois même voulu , pour vous plaire toujours,
Être plus belle encor que celle des amours ;
Et dans la douce erreur dont j'étois prévenue ,
Être telle à vos yeux que j'étois à ma vue.

   Ciel ! que me reste-t-il d'un état si charmant ?
Un souvenir affreux qui fait tout mon tourment.
Mes jours , mes tristes jours se passent dans les
      larmes.
En perdant Abailard, j'ai perdu tous mes charmes ,
Héloïse n'est plus qu'un objet de pitié.
Calmez votre colère et votre inimitié ,
Vous , en qui ma conquête excitoit tant d'envie ,
Vos vœux sont satisfaits, le ciel me l'a ravie.
O mortelle pensée ! ô regrets superflus !
Abailard n'est qu'un ombre   Abailard ne vit plus.
Amante abandonnée , épouse malheureuse,
Plus mon bonheur fut grand, plus ma peine est
      affreuse.
Suspendez, inhumains, votre aveugle fureur.
Mais c'en est fait, grand Dieu! souffres-tu tant
      d'horreur ?
Que n'étois-je avec vous quand on vint vous
      surprendre ,
Contre un lâche assassin j'aurois su vous défendre ;
Aux dépends de mes jours j'aurois paré ses coups,
Il m'auroit immolée , ou j'aurois un époux.
Ici l'amour s'irrite, et la pudeur s'offense ;
Un sombre désespoir me réduit au silence.

Trop sensible Héloïse, étouffe ton ardeur ;
Abailard t'abandonne, imite sa froideur.
L'ingrat n'est point touché des larmes que tu
    verses,
Il craint auprès de toi de nouvelles traverses.
Il te fuit. Il est sourd à tes gémissemens.
Foible Héloïse, ainsi sont faits tous les amans ;
Leur cœur quitte sans peine un bonheur qu'il
    possède,
Et contre leurs dégoûts il n'est point de reméde.
Tu devois y songer dans ce funeste jour
Où ta molle vertu succomba sous l'amour.
Tu devois y songer, quand, par ta résistance,
Tu pouvois dans ton cœur arrêter l'innocence,
Que te sert à présent un reste de raison ?
Écarte un repentir qui n'est plus de saison.
A ton triste penchant toute entière livrée,
Bois encore le poison dont tu t'es enivrée :
Et lorsqu'un sort cruel t'arrache tes plaisirs,
Forme encore pour eux de coupables désirs.
    Qu'ai-je dit, ô mon Dieu ! Quelle fureur m'a-
    gite ?
Ferme, ferme l'abîme où je me précipite :
Fais répandre à mes yeux de salutaires pleurs ;
Fais-moi pleurer mon crime et non pas mes mal-
    heurs.
Quoi ! l'épouse d'un Dieu, profanant sa tendresse,
Conserve pour un homme une indigne foiblesse ?
Son cœur est dévoré d'un feu séditieux ;
Et tu souffres, Seigneur, ce partage odieux,

Arme-toi, Dieu jaloux, viens vénger ton injure ;
Consume mon ardeur par une ardeur plus pure,
Accorde pour t'aimer et ma bouche et mon cœur,
Efface, détruis l'homme, et rends le Dieu vain-
　　queur.

　　C'en est fait Abailard, je renonce à ma flamme ;
Un Dieu, pour y régner, te chasse de mon ame,
Je te change pour lui : douce infidélité !
Tu feras mon repos et ma félicité.
Je n'éprouverai plus ces troubles et ces craintes,
Ces regrets, ces langueurs, ces mortelles atteintes ;
Supplice rigoureux d'un criminel amour,
Et dont j'ai ressenti les traits jusqu'à ce jour,
Oui, mon ame en son Dieu toute entière abîmée,
Ne respire que lui, de lui seul est charmée,
Tout le reste pour elle est une illusion
Qui ne mérite plus que son aversion ;
Jeûnes, austérités, silence, solitude,
Pour un cœur pénitent vous n'avez rien de rude ;
Je me soumets à tout, frappe, frappe, Seigneur,
Heureuse de gémir sous ta sainte rigueur.

　　Vous, que scandalisa mon ardeur criminelle,
Témoins de mes forfaits, soyez-le de mon zèle :
Compagnes d'Héloïse, élèves d'Abailard,
Héloïse gémit : venez-y prendre part.
Vous ne la verrez plus, déshonorant sa place,
Nourrir sa folle erreur, résister à la grâce ;
Elle va détourner, par des torrens de pleurs,
Les maux que sa foiblesse attiroit sur ses sœurs ;
Et, du Dieu qu'elle sert, désarmant la vengeance,

Égaler s'il se peut le remords à l'offense.

Quel obstacle fatal s'oppose à cet effort!
Abailard dans mon cœur est encore plus fort.
Je ne suis plus à moi. Quel désordre! quel trouble!
Mon feu se renouvelle et ma peine redouble.
Impitoyable amour! J'oublie en ce moment
Que je dois pour jamais oublier mon amant.
Je ne vois plus que lui; ma vertu m'abandonne;
Je m'égare et me perds; je pâlis, je frissonne;
N'est-il point de remède à des maux si pressans,
Et peut-on, sans mourir, sentir ce que je sens?
Que je suis malheureuse, et que je me déteste!
C'en est trop. Je finis cette lettre funeste.
Adieu; je vais pleurer le reste de mes jours;
Adieu, cher Abailard; mais adieu pour toujours.

HÉLOÏSE.

Réponse d'Abailard à Héloïse; par M. DE BEAUCHAMPS.

J'ai reçu votre lettre, et je n'ose vous dire
Dans quel état funeste elle a su me réduire;
Mon trouble me fait honte, et mon cœur abattu,
Veut en vain rappeler sa mourante vertu.
Aussi foible que vous, plus criminel encore,
Je me sens consumer du feu qui vous dévore.
Eh ! comment voulez-vous que je guide vos pas?
Je m'égare moi-même, et ne me connois pas.
De vos maux et des miens la trop vive peinture,
De mes désirs eteints réveille le murmure.
Déjà je commençois, oubliant mon malheur,
A ne plus regretter un frivole bonheur;
Déjà je commençois, moins rempli de vos
      charmes,
A trouver des douceurs à répandre des larmes:
Et la grâce en mon cœur allumant son flambeau,
Effaçoit le vieil homme, et formoit le nouveau.
Vous avez tout détruit. Qu'une épouse est puis-
      sante !
Eh! qui peut résister aux soupirs d'une amante?
Inutile raison, chimérique devoir !
Rien ne peut de l'amour balancer le pouvoir.
   Dans un temple brisé trouves-tu des délices,
Dieu cruel? cherche ailleurs de plus doux sacri-
      fices :
Règne sur les vivans ; qu'ils sentent tes transports;

Mais cesse de vouloir les inspirer aux morts :
Assez, et trop long-tems, soumis à ton empire,
J'ai vécu sous tes lois, souffre que je respire.
Terrible contre-tems, où me réduisez-vous ?
N'avois-je pas du ciel épuisé le courroux ?
Falloit-il qu'une lettre, écrite pour un autre,
Troublât tout à la fois mon repos et le vôtre :
Je l'avoue, Héloïse, attendri par ses pleurs,
Je voulus d'un ami modérer les douleurs ;
Je crus que de nos maux une fidelle image,
Contre son désespoir armeroit son courage,
Et, loin d'imaginer qu'un sort capricieux
Dût jamais exposer cette lettre à vos yeux,
Mon cœur, à la pitié se livrant sans contrainte,
Lui peignoit les rigueurs dont je ressens l'atteinte ;
Afin que, comparant mes malheurs et les siens,
Il oubliât ses maux, et déplorât les miens.

Ainsi de nos desseins confondant la prudence,
Dieu juste, tu détruis notre aveugle espérance !
Et ta main, où tu veux, nous traînant malgré nous,
Accomplit tes arrêts et signale tes coups :
Tu rebutes un cœur profané par le crime,
D'une flamme insensée odieuse victime.
Heureux, je te fuyois, et sans te consulter,
Malheureux, dans tes bras j'ai couru me jeter,
Plein de mon désespoir et de mon infortune,
Je ne te consacrois qu'une vie importune.
Privé de m   laisirs, mortel présomptueux,
    ce   roi   dérober d'un dehor   crueur,
    tendoit te promets   faire un sacrifice,

Je me vengeois du monde et de son injustice.
  Caché dans un désert, je nourris le poison
Dont le charme imposteur offusque ma raison.
Insensé que je suis, je m'aveugle moi-même,
Je crois n'aimer que Dieu, c'est vous seule que
          j'aime.
Que n'ai-je point tenté pour dérober mon cœur,
Aux attraits dangereux d'un penchant trop flatteur?
J'ai cherché loin de vous une retraite obscure;
Mes soupirs et mes pleurs y font ma nourriture;
Pâle, défiguré, le sein meurtri de coups,
Je m'arme contre moi pour m'armer contre vous.
Privé de la lumière, enterré sous la cendre,
Au fond de mon tombeau vous vous faites en-
          tendre,
Je vous trouve partout. Attaché à mes pas,
Votre image me suit avec tous vos appas;
Quelquefois je succombe aux transports qui m'a-
          gitent.
Sur les bords de la mer mes pas se précipitent;
Mon cœur à cet objet reprend de nouveaux feux.
Hélas! tout renouvelle un amour malheureux,
Si les vents apaisés d'une légère haleine,
Applanissent les flots de la liquide plaine,
Ce calme m'attendrit et retrace à mon cœur
De nos premiers destins le calme et la douceur.
Ma peine se dissipe, et ma gloire passée
Vient dans tout son éclat s'offrir à ma pensée:
Je vois ces jours heureux où, par mille plaisirs,
Le complaisant amour prévenoit nos désirs;

Je vois encor vos yeux pleins de trouble et de flamme,
S'attacher sur les miens, pénétrer dans mon ame.
J'entends de nos soupirs le murmure confus...
Douce tranquillité, déjà vous n'êtes plus.
La mer gronde, la vague écumante irritée,
Par le fier aquilon jusqu'au ciel est portée.
Le matelot pâlit, le pilote étonné,
Des horreurs de la mort chancelle environné ;
Et, tantôt aux enfers, et tantôt sur la nue,
Le vaisseau fracassé disparoît à ma vue.
Alors contre les flots faisant un vain effort,
Je vois des malheureux dévoués à la mort :
Par l'onde revomis, leurs corps sur le rivage,
Du féroce Neptune assouvissent la rage.

A ce spectacle affreux mon esprit est troublé,
Mon désespoir s'irrite, et j'en suis accablé.
Votre oncle, mes rivaux, ma disgrace mortelle,
Tout porte dans mon cœur une rage cruelle,
Et mes feux irrités s'échappent malgré moi.
Mes plaintes et mes cris remplissent tout d'effroi ;
Aux plus noirs fureurs ma fureur m'autorise !
A tout ce que je vois je demande Héloïse ;
Je pleure, je m'agite, et jamais à mes maux
Le tranquille sommeil n'apporte de repos :
En vain pour les calmer j'ai recours à l'étude ;
L'étude ajoute encore à mon inquiétude.

Ces hommes pénitens, confiés à ma foi,
Se troublent à ma vue, et tremblent devant moi.
Rigide, impérieux, sombre, austère, farouche,

2.   5

Le fiel et l'amertume exalent de ma bouche,
Je m'anime contre eux d'un zèle plein d'aigreur,
Une faute légère allume ma fureur ;
Et loin de soulager leurs dégoûts et leurs peines,
Ma rigueur inflexible appesantit leurs chaînes.
Ainsi, par son orgueil foiblement entraîné,
Aux plus honteux excès l'homme est abandonné ;
Il profane l'esprit qu'il reçut en partage,
Et des plus beaux talens il pervertit l'usage ;
Il sait de la nature expliquer les secrets ;
Il va même de Dieu pénétrer les décrets :
Rien n'échappe à sa vue, et lui-même il s'ignore ;
Il est sa propre idole, et c'est lui qu'il adore.
Son délire lui plaît, et par l'erreur conduit,
Il aime à cultiver tout ce qui le séduit.

Du désir de savoir épris dès mon enfance,
Je préférai l'étude aux droits de ma naissance ;
Je quittai tout pour elle. Entouré d'auditeurs,
Bientôt de toutes parts j'eus des admirateurs.
Ce succès me flatta : je commentai les pères :
Je m'élevai plus haut, j'éclaircis les mystères.
Aigri par mon mérite, et par lui confondus,
Devant moi pâlissoient mes rivaux éperdus.

Tant de gloire, Seigneur, étoit ton seul ouvrage ;
Je devois à toi seul en rapporter l'hommage :
M'abaisser à tes yeux, et régler mes projets
Sur ma propre foiblesse et non sur tes bienfaits.
Où n'ai-je point porté l'imprudence et le crime !
Un abîme toujours entraîne un autre abîme.
Occupé de plaisirs, et du monde entêté,

J'abandonnois mon cœur à sa malignité.
J'oubliai mon néant, je t'oubliai toi-même ;
Et j'osai, faux docteur, enseigner le blasphême;
Abandon rigoureux, plein d'horreur et d'effroi,
Mais digne de tous ceux qui s'éloignent de toi.

    Et vous qui me nommez votre époux, votre maître,
Chère Héloïse, hélas! méritois-je de l'être ?
Je vous montrai le crime, et, lâche séducteur,
D'un profane savoir j'infectai votre cœur.
De vos charmes naissans je ne pus me défendre ;
Pour ne vous point aimer j'avois un cœur trop tendre.
C'étoit peu : je voulus vous inspirer mes feux ;
Je réussis trop bien, vous comblâtes mes vœux.
Blessés des mêmes traits, et charmés l'un de l'autre,
Vous faisiez mon bonheur, et je faisois le vôtre :
Et votre oncle, lui-même, entrant dans nos projets,
Sembloit faciliter nos entretiens secrets.
Bientôt il m'en punit. Heureux si ma disgrâce,
De mes sens dans mon cœur eût fait passer la glace,
Et si de la vertu, n'écoutant que la voix,
J'expiois mes horreurs dans le sein de la croix.
Foibles, sans son secours, nous pouvons tout par
    elle,
Elle seule fait naître et soutient notre zèle.
Levons-nous, Héloïse, et, d'un pas assuré,
Marchons avec les saints sous ce fardeau sacré.
Il en est tems encore, et Dieu, comme un bon père,
Nous tend, pour nous conduire, une main salutaire ;
Mais ne différons point, nous n'avons qu'un mo-
    ment;

Ce Dieu va nous livrer à notre aveuglement.
Le tonnerre déjà gronde sur notre tête,
Et pour nous écraser sa foudre est toute prête.
Gardons-nous de tomber sous ces puissantes mains,
Pour nous en arracher nos efforts seroient vains,
Notre cœur, obstiné dans son impénitence,
Va d'erreurs en erreurs, et d'offense en offense.
Nous nous traçons par-tout un chemin pour pécher,
Rebelles endurcis, rien ne peut nous toucher,
La grâce n'a pour nous que de sombres lumières,
Nos vœux les plus sacrés sont de foibles barrières,
Nous reprenons nos droits, nous disposons de nous.
Vous parlez en amante, et je parle en époux.
Vous soupirez pour moi : vous osez me le dire ;
Je soupire pour vous, et j'ose vous l'écrire.
Quel monstre ! quelle horreur ! Que diront nos
          neveux ?
Qu'ils ignorent plutôt nos sacrilèges feux :
Qu'un éternel oubli les couvre et les efface :
Noyons-en dans nos pleurs jusqu'à la moindre trace.
Soumise à vos devoirs, ne pensez plus à moi,
La raison, votre état, tout vous en fait la loi :
Du salut de vos sœurs, responsable et chargée,
A les mener à Dieu vous êtes engagée ;
Vous leur devez des soins, du zéle, de l'amour,
A toutes les vertus formez-les tour-à-tour :
Faite-les travailler, prier, jeûner, se taire,
Et vous-même, Héloïse, apprenez à le faire.
Des épouses d'un Dieu, soyez la bonne odeur.
Eclairez leur esprit, réchauffez leur ardeur.

Contre vos ennemis cachez-les sous vos ailes,
Devenez, s'il le faut, anathême pour elles.
Ainsi de l'Eternel apaisant le courroux
Son esprit descendra sur vos sœurs et sur vous;
Et d'un coupable amour saintement détrompée,
De lui seul désormais vous serez occupée.
Vous goûterez alors les douceurs, les attraits,
Que versent dans un cœur l'innocence et la paix.
Oh! qu'il me seroit doux qu'à la grâce fidèle,
Des cœurs régénérés vous fussiez le modèle;
Et que de mes erreurs oubliant les excès,
Le ciel à mes soupirs accordât ce succès !
Je ne vous verrois plus incertaine, inconstante.
Entre le monde et Dieu partagée et flottante,
Vivre encore pour moi quand je suis mort pour vous,
Et regretter des biens qui ne sont plus à nous.
Moi-même, dégagé d'un penchant qui vous blesse,
Je ne vous ferois plus rougir de ma foiblesse,
Un feu pur et sacré succédant à nos feux,
L'amour qui nous perdit, nous sauvetoit tous deux.
Mais, hélas ! pour atteindre au bonheur où j'aspire,
Il faut nous oublier. Pouvez-vous y souscrire ?
Et le puis-je moi-même ? En vain par des discours
Je veux de notre ardeur interrompre le cours.
Plus vive que jamais, elle occupe votre ame,
Plus vive que jamais, je sens qu'elle m'enflamme;
C'est trop feindre. Mon cœur n'est rempli que de vous
Sans cesser d'être amant, j'ai cessé d'être époux.
Je vous aime, et voudrois vous aimer davantage.

Que le ciel irrité punisse cet outrage,
Qu'il exerce sur moi ses juste châtimens.
Il peut m'ôter la vie, et non mes sentimens.
Oublier Héloïse! Ah! que plutôt la foudre
Aux yeux de l'univers mette Abailard en poudre!
Que peuvent contre moi ton crime et ta noirceur,
Oncle injuste? As-tu cru détruire mon ardeur?
Tu devois tout d'un coup me priver de la vie:
Tu m'as laissé mon cœur : ta fureur est trahie.
Mais, que dis-je, insensé? tes vœux sont satisfaits,
Ma mort n'eût point rempli tes barbares souhaits.
Tu voulois à loisir te baigner dans mes larmes,
Et voir de jour en jour augmenter mes alarmes;
Ingénieux bourreau, tu savois qu'un amant
Privé de ce qu'il aime, expire à tout moment.
Tu triomphes, perfide; en proie à ma tristesse,
Je ne puis arracher mon ame à sa tendresse.
Mon amour et mes maux, s'irritent tour-à-tour.
Et de mes maux, hélas! le plus grand c'est l'amour.
Mais où vais-je ? Et pourquoi moi-même aigrir ma
                    peine ?
Pourquoi me rappeler mon amour et sa haine ?
Ministre des autels, pourquoi dans ce récit
Écarté-je de Dieu mon cœur et mon esprit?
A lui seul attaché, j'ai dû vous laisser croire
Que sur vous, que sur moi j'ai gagné la victoire.
Qu'avons-nous de commun ? Nos liens sont finis.
Pouvons-nous l'un à l'autre être encore réunis ?
Parlez: qu'espérez-vous des souhaits que vous faites?
Songez-vous qui je suis ? Songez-vous qui vous êtes ?

Voulez-vous qu'oubliant mon devoir, mon honneur,
J'aille encore à vos pieds porter ma folle ardeur ?
Ne frémissez-vous point d'un dessein si terrible ?
Nous nous retrouverions, vous foible, moi sensible :
Ah ! si l'amour, plus fort que mon éloignement,
Fait sentir à mon cœur un si cruel tourment,
Pourrois je près de vous soustraire à sa puissance
Ce cœur qui ne sauroit le vaincre par l'absence ?
C'est trop entretenir notre commune erreur,
Nés pour aimer, aimons, mais aimons le Seigneur :
Il veut être l'objet de l'amour le plus tendre ;
Il demande nos cœurs. Cessons de nous défendre :
Il les mérite seul. Nous le savons. Hélas !
Malheureux, pourquoi donc ne le donnons nous
          pas !
Quelle excuse apporter à notre extravagance ?
Et que lui dirons-nous au jour de sa vengeance ?
    Après tout, vous devez me craindre et me haïr,
Et, si je vous cherchois, m'éviter et me fuir.
Ne me demandez point par quelle destinée,
Dans un cloître, avant moi, vous fûtes confinée.
Que vous dire ? J'étois malheureux et jaloux,
Et je voulois que Dieu me répondît de vous,
Qu'un motif si bisarre, et si plein d'injustice,
Vous fasse de mes feux connoître le caprice.
Et si vous ne pouvez vous guérir par raison,
Employez le dépit à votre guérison.
Mais que peut le dépit où ne peut rien la grâce ?
Si vous ne sentez point son attrait efficace,
En vain je vous exorte, et mes vœux impuissans

Ne pourront élever votre esprit sur vos sens.
Seigneur, qui la formas si parfaite et si belle,
Ne voulois-tu qu'en faire une fille rebelle ?
Ah ! si pour t'apaiser il ne faut que mourir,
Abailard à la mort vient lui-même s'offrir.

Il est tems de finir, adieu, chère Héloïse;
Tâchez de soutenir votre sainte entreprise ;
Priez pour votre époux ; il va de son côté,
Du ciel, sur son épouse, implorer la bonté.
Ne me récrivez plus. Que cette déférence
Me marque votre zèle et votre obéissance.
Adieu : quand du trépas j'aurai senti les coups,
Je ferai transporter mon corps auprès de vous.
Chérissez ce dépôt : quand vous mourrez vous-
    même,
Venez dans le tombeau d'un époux qui vous aime ;
Nous ne nous craindrons plus. Victimes de la mort,
L'amour fera sur nous un inutile effort.
J'en serai plus célèbre; et vos cendres glacées
Pourront auprès de moi sans crime être placées.

ABAILARD.

Seconde lettre d'Héloïse à Abailard ;
par le même.

QUEL nouveau coup de foudre , et que vins-je
    d'entendre !
Je ne vous verrai plus ! vous pouvez me l'apprendre.
Cruel ! vous m'ôtez tout , et c'est pour votre cœur
Un barbare plaisir de combler ma douleur.
N'étoit-ce pas assez , qu'aux pleurs abandonnée ,
A vivre loin de vous 'e fusse condamnée ?
Que , plaintive , mourante , en proie à mes désirs,
Ce cloître nuit et jour entendît mes soupirs ;
N'étoit-ce pas assez qu'à la fleur de mon âge,
Vous m'eussiez imposé le plus rude esclavage ?
Pourquoi d'un doux espoir m'envier les douceurs,
Et verser sur mes jours de nouvelles noirceurs,
Croyez-vous donc , ingrat , que ma foible cons-
    tance
Résiste encor long-tems à votre indifférence ?
Et que de vos raisons le frivole secours ,
De mes vives douleurs puisse arrêter le cours ?
Non. Votre changement ne peût rien sur mon ame ,
Plus vous êtes de glace, et plus mon cœur s'en-
    flamme ;
Mais , enfin , mon amour devient un désespoir,
C'en est fait , et je veux ou mourir ou vous voir.
Que fais-je dans ces lieux ? Malheureuse et cou-
    pable ,
J'aigris d'un Dieu vengeur le courroux redoutable

J'amasse des trésors de crimes et d'horreurs:
Chaque jour, chaque instant ajoute à mes fureurs.
Je ne suis plus, hélas! cette épouse facile,
Qui baissoit sous le joug une tête docile;
Victime de mes feux, je cède à leurs transports;
Et ne conserve plus d'inutiles dehors.
C'est trop ouer le ciel sous un masque hypocrite;
Si mon cœur est à vous, tout le reste l'irrite.
Dussé-je vous offrir un objet odieux,
Rien ne peut m'empêcher de paroître à vos yeux:
Vous ne me fuirez point. Au secours de mes
            charmes,
Au secours de mes feux, j'appellerai mes larmes;
Mes soupirs, mes sanglots féchiront votre cœur;
Vous me regarderez avec moins de rigueur;
Et, loin de condamner l'excès où je me livre,
Peut-être que sans moi vous ne voudrez plus
            vivre:
Vous songerez qu'unis par des nœuds éternels,
Nos vœux précipités sont des vœux criminels:
Que l'hymen a des droits sacrés inviolables;
Que vouloir les briser c'est nous rendre coupables.
    Je ne demande pas que, sensible à mes vœux,
Votre cœur s'attendrisse et rallume ses feux;
Et que, pour dissiper la douleur qui me presse,
Vous confondiez en moi l'épouse et la maîtresse.
Je ne veux que vous voir et vous obéir,
Et vous forcer au moins à ne pas me haïr,
Mais, cruel, vous craignez jusques à ma présence,
Pour un cœur inconstant l'amour est une offense.

Et ce qui nous reproche un crime, n'est pour nous
Qu'un objet de chagrin, qu'un objet de courroux.
Pourrois-tu soutenir une amante éperdue ?
Non, ses pleurs, son amour, tout blesseroit ta vue :
Ah ! tu consultes moins, pour m'éloigner de toi,
La vertu, que ton cœur et ton manque de foi.
Ce n'étoit pas ainsi, qu'aidant à ma foiblesse,
Tu savois, pour me perdre, allumer ma tendresse.
Rappelle-toi, cruel, ces sermens enflammés,
Ces transports si touchans et si bien exprimés.
Avant, me disois-tu, que je sois infidelle,
On verra sans époux vivre la tourterelle ;
Le tendre rossignol, cessant d'être amoureux,
Ne s'occupera plus de ces chants douloureux ;
On verra le zéphir cesser d'être volage ;
Les fleuves sur les monts s'entr'ouvrir un passage ;
Le soleil obscurci nous refuser le jour,
Et tout périr, enfin, plutôt que mon amour.
Ainsi, pour me tromper, tu chassois de mon ame
Tout ce qui s'opposoit aux succès de ta flamme.
Mais qu'il t'en coûta peu. Ce concert avec toi,
Mon cœur, mon lâche cœur s'éleva contre moi ;
Te peignit, à mes yeux, tendre, empressé, sincère,
Tu parlas et tu plûs dès que tu voulus plaire :
Ou tel fut de l'amour le funeste pouvoir,
Que tu me plûs peut-être avant de le vouloir.
Peut-être une rivale, objet de ta tendresse,
Te voila quelque tems ma naissante foiblesse ;
Et tes distractions, ton trouble, et ta langueur,
Paroissoient près de moi pour un autre vainqueur.

Et quand tu t'aperçus de mon extravagance ;
Tu ne la partageas que par reconnoissance.
Non, cruel, non, jamais tu ne sus bien aimer ,
Tu n'étois que sensible au plaisir de charmer.
J'offris à tes désirs un triomphe agréable :
J'aimois. C'en fut assez pour te paroître aimable ;
Et pourquoi, pouvant plaire à mille autres objets ,
Viens-tu troubler mon cœur , en arracher la paix ?
D'un oncle prévenu trahir la confiance ?
Aux dépens de toi-même exciter sa vengeance ?
Abuser lâchement de ma crédulité ,
Et nous sacrifier tous deux par vanité ?
Talens pernicieux ! esprit que je déteste !
Présens que m'avoit faits la colère céleste ;
C'est par vous que l'amour , séduisant ma raison ,
Répandit dans mes sens son funeste poison.
Vain desir de savoir, dangereuses lectures,
Mon cœur ne s'est rempli que de vos impostures ;
J'en perdis l'innocence, et bientôt ma pudeur
Fit place aux noirs transports d'une coupable ardeur.
Digne fruit de tes soins et de ton imprudence,
Trop aveugle Fulbert, rends-moi mon ignorance.
Chasse loin de ta nièce un docteur empesté,
Qui va dresser un piége à sa simplicité.
Tu le crois occupé du dessein de m'instruire,
Philosophe amoureux , il songe à me séduire.
Que dis-je ? sa foiblesse a passé dans mon cœur ;
Ce maître est mon amant, ce maître est mon
     vainqueur.
Mais je ne dois, hélas! m'en prendre qu'à moi-même.

Vains regrets! vain dépit! tout plaît dans ce qu'on
    aime.
Séduit par une ardeur pour lui pleine d'appas,
Un cœur tendre se livre et ne raisonne pas.
Le devoir veut en vain le tirer de sa chaîne,
Lé séducteur amour le fascine et l'entraîne;
Tranquille dans ses fers, et charmé sous ses lois,
Ce cœur infortuné s'applaudit de son choix;
Insensible à ses maux, il en craint le remède,
Et nourrit avec soin l'erreur qui le possède.
    A ce triste portrait, connoissez, cher époux,
Quels sont les sentimens qu'Héloïse a pour vous.
J'aime à voir s'augmenter le feu qui me dévore;
Je devrois vous haïr, hélas! je vous adore.
Je ferme à la raison mon esprit et mon cœur,
Et je chéris en vous jusqu'à votre rigueur.
Ne m'aimez plus. Soyez insensible, infidelle;
Imposez-moi le joug d'une absence éternelle;
Condamnez mes transports; réduisez mon amour
A se vaincre, ou du moins à se cacher au jour.
Si ce n'est pas assez défendez-moi d'écrire:
J'obéis: mais souffrez qu'en secret je soupire.
Laissez-moi par pitié, mes craintes, mes douleurs:
Laissez-moi vous donner des soupirs et des pleurs.
Vous n'y consentez pas. Votre austère sagesse
Veut moins dissimuler qu'étouffer ma tendresse.
Je dois vous oublier sans feinte, sans détour,
Vous fermer dans mon cœur le plus foible retour;
Imiter votre exemple, et du ciel pénétrée,

2.   6

Remplir les saints devoirs où je suis consacrée ;
Imiter mon penchant à de plus nobles feux,
Et faire de Dieu seul l'objet de tous mes vœux.
Je dois n'aimer que lui, ne songer qu'à lui plaire ;
Par mes gémissemens désarmer sa colère :
Foible Héloïse ! en vain je sens que je le dois,
Mes coupables désirs s'échappent malgré moi.
La raison veut régner, et parle en souveraine ;
La foiblesse résiste et triomphe sans peine :
Toujours livrée au trouble, aux regrets, au dépit,
Cent fois en un moment mon cœur se contredit.
Je veux, je ne veux pas ; j'hésite, je chancelle ;
Quand la grâce m'attire, Abailard me rappelle,
Et toujours plus puissant, après de vains efforts,
C'est le funeste amour qui cause mes transports.
Soupirs impétueux, cessez de vous contraindre,
Eclatez mes fureurs, je n'ai plus rien à craindre.
L'ingrat qui vous fit naître a cessé de m'aimer.
Il me fuit, il me craint... mais puis-je l'en blâmer ?
Oui, cruel, ta vertu me confond et m'accable.
Coupable, je voudrois que tu fusses coupable.
Quoi ! tu m'auras perdue, et je pourrai te voir
Triompher de ma peine et de mon désespoir ?
Tranquille, t'applaudir de ton indifférence,
Et peut-être insulter à ma folle constance ?
Je ne serai pas seul en butte à tant de maux,
Je prétends à mon tour détruire ton repos,
Te faire partager le trouble de mon ame,
Et toutes les horreurs d'une fatale flamme ;
Ne crois pas m'adoucir ; le sort en est jeté,

Je ne puis trop punir ton infidélité.
Que n'est-il des tourmens pour venger mon injure
Qui puissent égaler ma peine et ton parjure !
J'épuiserois sur toi tout ce qu'ils ont d'affreux....
Foibles emportemens d'un amour malheureux,
Que vous me servez mal ! ma fureur désarmée
Respecte encor l'ingrat dont mon ame est charmée.
Mon courroux contre lui ne m'offre aucun secours,
Et ce n'est plus qu'aux pleurs qu'Héloïse a recours.

　Vivez, cher Abailard, sans alarmes, sans craintes,
Et bravez de l'amour les frivoles atteintes.
Goûtez d'un saint repos l'éternelle douceur :
Maître de vos désirs, régnez sur votre cœur.
Du Dieu que vous servez soutenez la querelle,
Signalez pour son nom l'ardeur de votre zèle :
Formez-lui des élus qui, se réglant sur vous,
Mettent dans son amour leur bonheur le plus doux.
Si mon salut vous touche, et si je vous suis chère,
Achevez d'affermir la raison qui m'éclaire.
Je sens que la vertu veut reprendre ses droits :
Aidez une ame foible à pratiquer ses lois ;
De ses égaremens mon esprit se dégage ;
Mais votre idée encore affoiblit mon courage.

　Divin attrait des cœurs ! charme victorieux !
Grâce adorable ! enfin tu dessilles mes yeux :
Tu verses dans mon sein la force et la lumière :
A l'amour de mon Dieu tu me rends toute entière.
Tu me fais retrouver l'innocence et la paix :

Tu captives mes sens, et remplis mes souhaits.
Seigneur, c'est ta bonté , c'est ta main secourable
Qui ferme sous mes pas cet abîme effroyable ;
Sans toi je m'y plongeois , déjà même l'erreur
A l'endurcissement avoit livré mon cœur.
J'étois sourde à ta voix ; et bravant ta colère,
J'étouffois du remords le trouble salutaire.
Mon aveugle fureur m'occupoit nuit et jour ;
Et je ne connoissois d'autre dieu que l'amour.
Mais qui peut avec toi balancer la victoire ;
Nos forfaits les plus grands font éclater ta gloire,
Et , le cœur le plus dur , quand tu veux l'attendrir,
A tes impressions lui-même vient s'offrir.

HÉLOÏSE.

Épître d'Héloïse à Abailard ; par M. COLARDEAU.

DANS ces lieux habités par la simple innocence,
Où règne , avec la paix , un éternel silence ,
Où les cœurs asservis à de sévères lois ,
Vertueux par devoir le sont aussi par choix ;
Quelle tempête affreuse , à mon repos fatale ,
S'élève dans les sens d'une foible vestale ?
De mes feux mal éteints qui ranime l'ardeur ?
Amour , cruel amour , renais-tu dans mon cœur ?
Hélas ! je me trompois ; j'aime , je brûle encore.
O mon cher et fatal !... Abailard... je l'adore !
Cette lettre , ces traits , à mes yeux si connus ;
Je les baise cent fois , cent fois je les ai lus.
De sa bouche amoureuse , Héloïse les presse. .
Abailard ! cher amant ! Mais , quelle est ma foi-
    blesse ?
Quel nom , dans ma retraite , osé-je prononcer ?
Ma main l'écrit... eh bien , mes pleurs vont l'ef-
    facer.
Dieu terrible , pardonne : Héloïse soupire.
Au plus cher des époux tu lui défends d'écrire :
A tes ordres cruels , Héloïse souscrit...
Que dis-je ? mon cœur dicte.. et ma plume obéit.
    Prisons où la vertu , volontaire victime,
Gémit et se repent , quoiqu'exempte de crime ;

6.

Où l'homme, de son être imprudent destructeur,
Ne jette vers le ciel que des cris de douleur :
Marbres inanimés, et vous, froides reliques,
Que nous ornons de fleurs, qu'honorent nos
     cantiques,
Quand j'adore Abailard, quand il est mon époux,
Que ne suis-je insensible et froide comme vous ?
Mon dieu m'appelle en vain du trône de sa gloire ;
Je cède à la nature une indigne victoire ;
Les cilices, les fers, les prières, les vœux,
Tout est vain, et mes pleurs n'éteignent point
     mes feux.

    Au moment où j'ai lu ces tristes caractères,
Des ennuis de ton cœur secrets dépositaires,
Abailard, j'ai senti renaître mes douleurs.
Cher époux, cher objet de tendresse et d'horreurs,
Que l'amour, dans tes bras, avoit pour moi de
     charmes !
Que l'amour, loin de toi, me fait verser de larmes !
Tantôt je crois te voir, de myrthe couronné,
Heureux et satisfait, à mes pieds prosterné ;
Tantôt dans les déserts, farouche et solitaire,
Le front couvert de cendre, et le corps sous la
     haire,
Desséché dans ta fleur, pâle et défiguré,
A l'ombre des autels, dans le cloître ignoré,
C'est donc là qu'Abailard, et sa fidelle épouse,
Quand la religion, de leur bonheur jalouse,
Brise les nœuds chéris dont ils étoient liés,

Vont vivre indifférens, l'un par l'autre oubliés ;
C'est là que. dét stant et pleurant leur victoire,
Ils foul ront aux pieds et l'amour et la gloire.
Ah! plutôt , écris-moi : formons d'autres liens,
Partag s mes regrats... je gémirai d s tiens.
L'écho répétera nos plaintes mutuelles ;
L'écho suit les amans malheureux et fidéles.

Le sort, nos ennemis, ne peuvent nous ravir
Le plaisir douloureux de pleurer, de gémir ;
Nos larmes sont à nous... nous pouvons les ré-
      pandre.
Mais, Dieu seul, me dis-tu, Dieu seul y doit pré-
      tendre.
Cruel , je t'ai perdu, je perds tout avec toi.
Tout m'arrache des pleurs... tu ne vis plus pour
      moi.
C'est pour toi... pour toi seul que couleront mes
      larmes :
Aux pleurs des malheureux, Dieu trouve-t-il des
      charmes ?

Ecris-moi, je le veux : ce commerce enchanteur
Aimable épanchement de l'esprit et du cœur,
Cet art de converser sans se voir, sans s'entendre,
Ce muet entretien, si charmant et si tendre,
L'art d'écrire, Abailard, fut sans doute inventé
Par l'amante captive, et l'amant agité.
Tout vit par la chaleur d'une lettre éloquente ;
Le sentiment se peint sous les doigts d'une
      amante,

Son cœur s'y développe, elle peut sans rougir,
Y mettre tout le feu d'un amoureux désir.
Hélas! notre union fut légitime et pure,
On nous en fit un crime, et le ciel en murmure,
A ton cœur vertueux quand mon cœur fut lié :
Quand tu m'offris l'amour sous le nom d'amitié,
Tes yeux brilloient alors d'une douce lumière;
Mon ame, dans ton sein, se perdit toute entière.
Je te croyois un Dieu, je te vis sans effroi.
Je cherchois une erreur qui me trompât pour toi.
Ah! qu'il t'en coûtoit peu pour charmer Héloïse;
Tu parlois.. à ta voix tu me voyois soumise.
Tu me peignois l'amour bienfaisant, enchanteur,
La persuasion se glissoit dans mon cœur.
Hélas! elle y couloit de ta bouche éloquente;
Tes lèvres la portoient sur celles d'une amante.
Je t'aimai... je connus, je suivis le plaisir;
Je n'eus plus de mon Dieu qu'un foible souvenir.
Je t'ai tout immolé, devoir, honneur, sagesse;
J'adorois Abailard, et, dans ma douce ivresse,
Le reste de la terre étoit perdu pour moi :
Mon univers, mon dieu, je trouvai tout en toi.
  Tu le sais, quand ton ame, à la mienne enchaî-
      née,
Me pressoit de serrer les nœuds de l'hyménée,
Je t'ai dit : cher amant, hélas! qu'exiges-tu?
L'amour n'est point un crime; il est une vertu,
Pourquoi donc l'asservir à des lois tyranniques?
Pourquoi le captiver par des nœuds politiques?

L'amour n'est point esclave, et ce pur sentiment
Dans le cœur des humains naît libre, indépendant.
Unissons nos plaisirs, sans unir nos fortunes.
Crois-moi l'hymen est fait pour des ames communes.
Pour des amans livrés à l'infidélité.
Je trouve dans l'amour, mes biens, ma volupté.
Le véritable amour ne craint point le parjure.
Aimons-nous, il suffit, et suivons la nature.
Apprenons l'art d'aimer, de plaire tour-à-tour;
Ne cherchons, en un mot, que l'amour dans
    l'amour.
Que le plus grand des rois, descendu de son
    trône,
Vienne mettre à mes pieds son sceptre et sa cou-
    ronne,
Et que m'offrant sa main, pour prix de mes attraits,
Son amour fastueux me place sous le dais;
Alors on me verra préférer ce que j'aime
A l'éclat des grandeurs, au monarque, à moi-
    même,
Abailard, tu le sais, mon trône est dans ton cœur.
Ton cœur fait tout mon bien, mes titres, ma
    grandeur;
Méprisant tous ces noms que la fortune invente,
Je porte avec orgueil le nom de ton amante;
S'il en est un plus tendre, et plus digne de moi,
S'il peint mieux mon amour, je le prendrai pour toi.
Abailard, qu'il est doux de s'aimer, de se plaire,
C'est la première loi, le reste est arbitraire.

Quels mortels plus heureux que deux jeunes
  amans,
Réunis par leurs goûts et par leurs sentimens,
Que les ris et les jeux, que le penchant rassemble,
Qui pensent à la fois, qui s'expriment ensemble ;
Qui confondent la joie au sein de leurs plaisirs ;
Qui jouissent toujours, ont toujours des désirs ;
Les cœurs, toujours remplis, n'éprouvent point
  de vide.
La douce illusion à leur bonheur préside.
Dans une coupe d'or ils boivent à longs traits,
L'oubli de tous les maux et des biens imparfaits.
S'il est des cœurs heureux, ils sont heureux sans
  doute ;
Nous cherchons le bonheur, l'amour en est la
  route.
L'amour méne au plaisir, l'amour est le vrai bien.
Tel fut, cher Abailard. et ton sort et le mien.
  Que les tems sont changés, ô jour, jour exé-
  crable,
Jour affreux, où l'acier, dans une main coupable,
Osa... quoi ? je n'ai point repoussé ses efforts !
Malheureuse Héloïse! ah! que faisois-je alors ?
Mon bras, mon désespoir, les larmes d'une
  amante
Auroient... rien ne fléchit leur rage frémissante.
Barbares, arrêtez, respectez mon époux.
Seule, j'ai mérité de périr sous vos coups.
Vous punissez l'amour, et l'amour est mon crime ;

Oui, j'aime avec fureur, frappez votre victime.

Vous ne m'écoutez pas, le sang coule…. ah! cruels!

Quoi! mes cris, quoi mes pleurs paraîtront cri-
        minels!

Quoi! je ne puis me plaindre en mon malheur
        funeste?

Nos plaisirs sont détruits, ma rougeur dit le reste.

Mais quelle est la rigueur du destin qui nous perd?

Nous trouvons dans l'abîme un autre abîme
        ouvert.

O mon cher Abailard, peins-toi ma destinée;

Rappelle-toi le jour où, de fleurs couronnée,

Où, prête à prononcer un serment solennel,

Ta main me conduisit aux marches de l'autel;

Où, détestant tous deux le sort qui nous opprime,

On vit une victime immoler la victime;

Où, le cœur consumé du feu de mes désirs,

Je jurai de quitter le monde et ses plaisirs.

D'un voile obscur et saint, ta main foible et
        tremblante,

A peine avoit couvert le front de mon amante;

A peine je baisois ces vêtemens sacrés,

Ces cilices, ces fers à mes mains préparés;

Du temple tout-à-coup les voûtes retentirent,

Le soleil s'obscurcit et les lampes pâlirent.

Tant le ciel entendit avec étonnement,

Des vœux qui n'étoient plus pour mon fidèle
        amant;

Tant l'Eternel doutoit encor de sa victoire!

Je te quittois.... Dieu même avoit peine à le croire.\
Hélas ! qu'à juste titre il soupçonnoit ma foi !\
Je me donnois à lui quand j'étois tout à toi.

   Viens donc, cher Abailard, seul flambeau de\
      ma vie.

Que ta présence encor ne me soit point ravie,\
C'est le dernier des biens dont je veuille jouir.\
Viens, nous pourrons encor connoître le plaisir,\
Le chercher dans nos yeux, le trouver dans nos ames.\
Je brûle.... de l'amour je sens toutes les flammes.\
Laisse-moi m'appuyer sur ton sein amoureux,\
Me pâmer sur ta bouche, y respirer nos feux :\
Quels momens, Abailard ! les sens-tu ? quelle joie !\
O douce volupté !... plaisirs où je me noie !\
Serre-moi dans tes bras, presse-moi sur ton cœur :\
Nous nous trompons tous deux ; mais quelle douce\
      erreur !\
Je ne me souviens plus de ton destin funeste,\
Couvre-moi de baisers... je rêverai le reste.

   Que dis-je ? cher amant, non, non, ne m'en\
      crois pas.

Il est d'autre plaisir, montre-m'en les appas.

   Viens, mais pour me traîner aux pieds du sanc-\
      tuaire,

   Pour m'apprendre à gémir sous un joug salu-\
      taire,

A te préférer Dieu, son amour et sa loi,\
Si je puis cependant les préférer à toi.\
Viens, et pense du moins que ce troupeau timide,

De vestales, d'enfans, a besoin qu'on le guide.
Ces filles du Seigneur, instruites par ta voix,
Baissant un front docile, et s'imposant tes lois,
Marcheront sur tes pas dans ce climat sauvage,
De ces remparts sacrés l'enceinte est ton ouvrage ;
Et tu nous fis trouver sur des rochers affreux,
Des campagnes d'Eden l'attrait délicieux.
Retraite des vertus, séjour simple et champêtre,
Sans faste, sans éclat, tel enfin qu'il doit être ;
Les biens de l'orphelin ne l'ont point enrichi,
De l'or du fanatique il n'est point embelli.
La piété l'habite, et voilà sa richesse.
Dans l'enclos ténébreux de cette forteresse,
Sous ces dômes obscurs, à l'ombre de ces tours
Que ne peut pénétrer l'éclat des plus beaux jours
Mon amant autrefois répandait la lumière :
Le soleil brilloit moins au haut de sa carrière ;
Les rayons de sa gloire éclairoient tous les yeux.
Maintenant qu'Abailard ne vit plus dans ces lieux,
La nuit les a couverts de ses voiles funèbres ;
La tristesse nous suit dans l'horreur des ténèbres,
On demande Abailard, et je vois tous les cœurs
Privés de mon amant, partager mes douleurs.
Des larmes de ses sœurs Héloïse attendrie,
De voler dans leurs bras te conjure et te prie.
Ah ! charité trompeuse ! ingénieux détours !
Ai-je d'autre vertu que celle de l'amour !
Viens, n'écoute que moi, moi seule je t'appelle.

2.   7

Abailard, sois sensible à ma douleur mortelle.
Toi, dans qui je trouvois père, époux, frère, ami ;
Toi, de tous les amans, l'amant le plus chéri,
Ne vois-tu plus en moi ton épouse charmante,
Ta fille, ton amie, et sur-tout ton amante ?
Viens, ces arbres touffus, ces pins audacieux,
Dont la cîme s'élève et se perd dans les cieux ;
Ces ruisseaux argentés, fuyant dans la prairie,
L'abeille, sur les fleurs, cherchant son ambroisie ;
Le zéphir qui se joue au fond de nos bosquets ;
Ces cavernes, ces lacs, et ces sombres forêts,
Ce spectacle riant, offert par la nature,
N'adoucit plus l'horreur du tourment que j'endure ::
L'ennui, le sombre ennui, triste enfant du dégoût,
Dans ces lieux enchantés se traîne et corrompt tout,
Il sèche la verdure ; et la fleur pâlissante
Se courbe et se flétrit sur sa tige mourante.
Zéphir n'a plus de souffle, Echo n'a plus de voix,
Et l'oiseau ne fait plus que gémir dans nos bois.
    Hélas ! tels sont les lieux où, captive, enchaînée,
Je tra ne dans mes pleurs ma vie infortunée ;
Cependant, Abailard, dans cet affreux séjour,
Mon cœur s'enivre encor du poison de l'amour,
Je n'y dois mes vertus qu'à ta funeste absence,
Et j'ai maudit cent fois ma pénible innocence.
Moi, dompter mon amour, quand j'aime avec
        fureur ?
Ah ! ce cruel effort est-il fait pour mon cœur ?

Avant que le repos puisse entrer dans mon ame ,
Avant que ma raison puisse étouffer ma flamme,
Combien faut-il encor aimer, se repentir,
Désirer, espérer, désespérer, sentir,
Embrasser, repousser, m'arracher à moi-même,
Faire tout, excepté d'oublier ce que j'aime !
 O funeste ascendant ! ô joug impérieux !
Quels sont donc mes devoirs, et qui suis-je en
  ces lieux ?
Perfide ! de quel nom veux-tu que l'on te nomme ?
Toi, l'épouse d'un Dieu, tu brûles pour un homme ?
Dieu cruel, prends pitié du trouble où tu me vois ,
A mes sens mutinés ose imposer tes lois :
Tu tiras du chaos le monde et la lumière :
Hé bien ! il faut t'armer de ta puissance entière.
Il ne faut plus créer... il faut plus en ce jour ,
Il faut dans Héloïse anéantir l'amour.
Le pourras-tu, grand Dieu ! mon désespoir, mes
  larmes ,
Contre un cher ennemi te demandent des armes,
Et cependant livrée à de contraires vœux ,
Je crains plus tes bienfaits que l'excès de mes feux.
 Chères sœurs, de mes fers, compagnes inno-
  centes,
Sous ces portiques saints, colombes gémissantes.
Vous, qui ne connoissez que ces foibles vertus,
Que la religion donne... et que je n'ai plus ;
Vous qui dans les langueurs d'un esprit monastique

Ignorez de l'amour l'empire tyrannique ;
Vous enfin qui n'ayant que Dieu seul pour amant
Aimez par habitude et non par sentiment :
Que vos cœurs sont heureux puisqu'ils sont in-
    sensibles !
Tous vos jours sont sereins, toutes vos nuits pai-
    sibles.
Le cri des passions n'en trouble point le cours.
Ah ! qu'Héloïse envie et vos nuits et vos jours !
Héloïse aime et brûle au lever de l'aurore ;
Au coucher du soleil elle aime et brûle encore ;
Dans la fraîcheur des nuits elle brûle toujours.
Elle dort pour rêver dans le sein des amours.
A peine le sommeil a fermé mes paupières,
L'amour me caressant de ses ailes légères
Me rappelle ces nuits, chères à mes désirs,
Douces nuits, qu'au sommeil disputoient les
    plaisirs ;
Abailard, mon vainqueur, vient s'offrir à ma vue :
Je l'entends... je le vois... et mon ame est émue :
Les sources du plaisir se rouvrent dans mon cœur.
Je l'embrasse... il se livre à ma plus tendre ardeur,
La douce illusion se glisse dans mes veines :
Mais que je jouis peu de ces images vaines !
Sur ces objets flatteurs, offerts par le sommeil,
La raison vient tirer le rideau du réveil.
Non, tu n'éprouves plus ces secousses cruelles,
Abailard, tu n'as plus de flammes criminelles.

Dans le funeste état où t'a réduit le sort,
Ta vie est un long calme, image de la mort.
Ton sang, pareil aux eaux du lac et des fontaines,
Sans trouble et sans chaleur circule dans tes veines.
Ton cœur glacé n'est plus le trône de l'amour,
Ton œil appesanti s'ouvre avec peine au jour :
On n'y voit point briller le feu qui me dévore.
Tes regards sont plus doux qu'un rayon de l'aurore.
Viens donc, cher Abailard! que crains-tu près de
      moi ?
Le flambeau de Vénus ne brûle plus pour toi.
Désormais insensible aux plus douces caresses,
T'est-il encore permis de craindre des foiblesses ?
Puis-je espérer encor d'être belle à tes yeux ?
Semblable à ces flambeaux, à ces lugubres feux,
Qui brûlent près des morts sans échauffer leur
      cendre.
Mon amour sur ton cœur n'a plus rien à prétendre.
Ce cœur anéanti ne peut plus s'enflammer.
Héloïse t'adore et tu ne peux l'aimer.

    Ah! faut-il t'envier un de tin si funeste?
Abailard, ces devoirs, ces lois que je déteste,
L'austérité du cloître et sa tranquille horreur,
A ton cher souvenir rien n'arrache mon cœur.
Soit que ton Héloïse, aux pleurs abandonnée,
Sur la tombe des morts gémisse prosternée ;
Soit qu'aux pieds des autels elle implore son Dieu ;
Les autels, les tombeaux, la majesté du lieu,

Rien ne peut la distraire : et son ame obsédée
Ne respire que toi, ne voit que ton idée :
Dans nos cantiques saints, c'est ta voix que j'entends.
Quand sur le feu sacré ma main jette l'encens,
Lorsque de ses parfums s'élève le nuage,
A travers sa vapeur je crois voir ton image :
Vers ce fantôme aimé mes bras sont étendus :
Tous mes vœux sont distraits, égarés et perdus.
Le temple orné de fleurs, nos fêtes et leur pompe,
Tout ce culte imposant n'a plus rien qui me trompe.
Quand, autour de l'autel, brûlant de mille feux,
L'ange courbe lui-même un front respectueux,
Dans l'instant redouté des augustes mystères,
Au milieu des soupirs, des chants et des prières,
Quand le respect remplit les cœurs d'un saint effroi,
Mon cœur brûlant t'invoque et n'adore que toi.
 Cependant, Abailard, crains qu'un pouvoir su-
   prême,
Pour m'arracher à toi, ne m'arrache à moi-même :
Un jour ton Dieu, mon Dieu, peut parler à mon cœur ;
De ce Dieu, ton rival, sois encor le vainqueur.
Vole près d'Héloïse, et sois sûr qu'elle t'aime.
Abailard dans mes bras l'emporte sur Dieu même.
Oui, viens... ose te mettre entre le ciel et moi :
Dispute-lui mon cœur... et ce cœur est à toi.
Que dis-je ? non, cruel, fuis loin de ton amante,
Fuis, cède à l'Eternel Héloïse mourante.
Fuis, et mets entre nous l'immensité des mers,

Habitons les deux bords de ce vaste univers.
Dans le sein de mon Dieu , quand mon amour
      expire ,
Je crains de respirer l'air qu'Abailard respire,
Je crains de voir ses pas sur la poudre tracés.
Tout me rappelleroit des traits mal effacés.
Du crime au repentir un long chemin nous mène.
Du repentir au crime un moment nous entraîne.
Ne viens point , cher amant , je ne vis plus pour
      toi.
Je te rends tes sermens : ne pense plus à moi.
Adieu, plaisirs si chers à mon ame enivrée !
Adieu, douces erreurs d'une amante égarée!
Je vous quitte à jamais, et mon cœur s'y résout :
Adieu, cher Abailard, cher époux... adieu tout.
   Mais quelle voix gémit dans mon ame éperdue!
Ah! seroit-ce... Oui, c'est elle, et mon heure est
      venue.
Une nuit... je veillois à côté d'un tombeau ;
La torche funéraire, obscur et noir flambeau,
Poussoit par intervalle un feu mourant et sombre.
A peine il s'éteignit et disparut dans l'ombre,
Que du creux d'un cercueil des cris, de longs
      accens
Ont porté jusqu'à moi cette voix que j'entends:
Arrête, chère sœur, arrête, me dit-elle :
Ma cendre attend la tienne, et ma tombe t'appelle ;
Du repos qui te fuit, c'est ici le séjour :

J'ai vécu, comme toi, victime de l'amour;
J'ai brûlé, comme toi, d'un feu sans espérance.
C'est dans la profondeur d'un éternel silence
Que j'ai trouvé le terme à mes affreux tourmens.
Ici l'on n'entend plus les soupirs des amans.
Ici finit l'amour, ses soupirs et ses plaintes.
La piété crédule y perd aussi ses craintes,
Meurs, mais sans redouter la mort, ni l'avenir.
Ce Dieu que l'on nous peint armé pour nous
      punir,
Loin d'allumer ici les flammes vengeresses,
Assoupit nos douleurs, et pardonne aux foiblesses.
O mon Dieu! s'il est vrai, si telle est ta bonté,
Précipite l'instant de ma tranquillité.
    O grâce lumineuse! ô sagesse profonde!
Vertu, fille du ciel, oubli sacré du monde,
Vous qui me promettez des plaisirs éternels,
Elevez Héloïse au sein des immortels,
Je me meurs... Abailard, viens fermer ma pau-
      pière,
Je perdrai mon amour en perdant la lumière.
Dans ces derniers momens, viens du moins re-
      cueillir
Et mon dernier baiser et mon dernier soupir.
Et toi, quand le trépas aura flétri tes charmes,
Ces charmes séducteurs, la source de mes larmes!
Quand la mort de tes jours éteindra le flambeau,
Qu'on nous unisse encor dans la nuit du tombeau;

Que la main des amours y grave notre histoire,
Et que le voyageur, pleurant notre mémoire,
Lise : Ils s'aimèrent trop, ils furent malheureux,
Gémissons sur leur tombe, et n'aimons pas
    comme eux.

HÉLOÏSE.

Épître d'Abailard à Héloïse ; par DORAT.

D'UNE triste morale interprétes austères,
Loin de moi, livres saints, vos dogmes, vos mys-
 tères ;
Ces sombres vérités, qu'on adore en tremblant,
Ne peuvent rassurer mon esprit chancelant :
Que m'offrez-vous Des biens que la crainte
 empoisonne ;
Vous montrez le bonheur, Héloïse le donne.
Laissez-moi parcourir ce gage de sa foi,
Cette lettre où son cœur s'élance encor vers moi.
J'y puise à tout moment une erreur qui m'en-
 chante.
J'y respire les feux dont brûle mon amante...
 Mon cœur, loin d'étouffer ces cruels souvenirs,
Semble former encor de criminels désirs.
Trop coupable Abailard ! trop sensible Héloïse !
Amans infortunés !... quelle fut ta surprise,
Quand ton œil reconnut ces traits baignés de
 pleurs.
Où ma tremblante main a tracé mes malheurs ?
Le ciel m'a-t-il chargé d'empoisonner ta vie ?
La paix te restoit seule, et je te l'ai ravie !
Pardonne... que veux-tu ; comme toi je languis,
Laisse-moi dans ton sein répandre mes ennuis ;

Me plonger dans l'amour, m'y concentrer sans cesse,
Et pour l'accroître encor, parler de ma foiblesse...
    Au plus cruel regret condamné pour toujours
Quand je vis loin de toi s'envoler nos beaux jours,
J'ai cru que la sagesse et sur-tout que la grâce
Pouvoient de mon esprit en effacer la trace.
Pour vaincre mon amour j'osai m'ensevelir :
Contre lui, par des vœux, je croyois m'aguerrir :
Vaine précaution ! contre sa folle ivresse,
Que peuvent la raison, la grace, la sagesse ?
Mais que dis-je, Héloïse, et que dois-je penser !
Entre le ciel et moi pourrois-tu balancer,
Le ciel triomphe-t-il de mon ardeur jalouse ?
Voudroit-il me ravir le cœur de mon épouse ?
Héloïse, peux-tu rougir de tes transports !
Ta passion n'a point consumé tes remords.
Tes remords ! qu'ai-je dit ? Est-ce à toi d'en con-
            noître ?
A la voix de l'amour ils doivent disparoître,
Qu'ils ne flétrissent point tes innocens attraits :
Mets-tu donc ta foiblesse au nombre des forfaits ?
Va, notre Dieu n'est point un tyran formidable :
Un feu qu'il alluma peut-il être coupable ?
Pourroit-il s'offenser d'un impuissant désir,
Lui, dont le souffle pur enfanta le plaisir !
Ce doux frémissement, ce trouble, cette ivresse,
Que l'amour fait passer au sein de sa maîtresse,
Est un tribut tacite, un hommage enchanteur,
Que l'homme anéanti rend à son créateur.

A de vains préjugés cesse d'être soumise :
Qu'Abailard soit ton Dieu, le mien est Héloïse.
   Oui, fidèle moitié d'un malheureux amant,
Je t'aime, et mon amour s'accroît par ton tour-
   ment.
Malgré le ciel et moi, je brûle au fond de l'ame,
Dans un corps tout glacé je porte un cœur de
   flamme ;
Et je rassemble en moi, par un contraste af-
   freux,
La vie et le néant, la froideur et les feux.
Est-ce là ce mortel, dont l'ardeur dévorante
Se rallumoit sans cesse aux yeux de son amante,
Et qui, plein d'un amour accru par les désirs,
Sut t'en prouver l'excès par l'excès des plaisirs ?
Je me meurs.... C'est en vain que bornant sa
   vengeance,
Le ciel me fait jouir d'un reste d'existence.
Ménagemens cruels autant que superflus !
J'existe pour sentir que je n'existe plus.
O mort ! m'as-tu frappé sans pouvoir me détruire ?
L'homme est anéanti dans l'homme qui respire,
Et de l'humanité ce qui survit en moi
Fait rougir la nature et la remplit d'effroi.
Devrois-je faire, hélas ! un aveu qui t'offense !
Que veux-tu ? je t'adore, et n'ai plus d'espérance ;
Ah ! pardonne aux transports d'un malheureux
   époux
Qui faisoit de t'aimer son bonheur le plus doux !...

Pour te rendre à ton Dieu je te rends à toi-
  même ;
La paix renaît bientôt quand c'est lui que l'on
  aime.
C'est du ciel désormais qu'il faut t'entretenir,
Et du fond de ton cœur c'est moi qu'il faut bannir.
Peux-tu m'aimer encor ? C'est moi de qui l'adresse
Par l'attrait des faux biens égara ta jeunesse :
Séduite par moi seul, par mes discours trompeurs,
Tes lèvres ont touché la coupe des pécheurs.
Ne pense plus à moi : je te donne l'exemple.
Dieu sera ton soutien, il t'appelle à son temple :
Et mon fatal amour qui blesse sa grandeur,
Sans cesse me punit et te sert de vengeur...
  Ce calme prétendu, dont je t'offre l'image,
N'est dans mon cœur brûlant qu'un éternel orage ;
Peins-toi le désespoir de ce cœur furieux :
Mes désirs font encor étinceler mes yeux.
Le fer, qui m'a laissé cette triste ressource,
De la nature en moi n'a pu tarir la source.
Plein de tes traits, de toi, de tes feux immortels,
Je retrouve Héloïse aux pieds de nos autels.
En vain, ton Dieu, le mien, que je ne puis com-
  prendre ,
À la voix d'un ministre est forcé de descendre :
Je n'adresse qu'à toi mes vœux et mon encens,
Je n'adresse qu'à toi mes douloureux accens :
Si dans les livres saints, où ma raison s'épuise,
Je jette mes regards, je n'y vois qu'Héloïse.

De la religion les pures vérités,
Ne peuvent consoler mes esprits agités.
   O d'une ame captive impérieux murmure !
Dieu lui-même se tait, où parle la nature ?
Arbitre souverain de mon funeste sort,
A l'excès du malheur pardonne ce transport !
Les morts dans les tombeaux t'offrent-ils leur hom-
     mage ?
Rien ne vit plus en moi, que ma honte et ma rage ;
Sans cesse déchiré par de cruels combats,
   L'univers est pour moi comme n'existant pas...
Frappe, achève, ou signale aujourd'hui ta puis-
     sance,
Venge-toi, mais en Dieu, d'un mortel qui t'of—
     fense.
Toi, dont la voix forma tous ces êtres divers
Et du sein du chaos appela l'univers,
Accorde à mes soupirs la grâce que j'implore :
Qui m'a déjà créé, peut bien le faire encore ;
Brise ces fers honteux, dont mes sens sont liés :
Rends-moi mes droits, la vie, et je tombe à tes
     pieds.
Héloïse, ah ! plutôt dans mon ardeur nouvelle,
J'irois tomber aux tiens, et te serois fidèle :
Que la mort à jamais puisse me consumer,
Si pour revivre il faut renoncer à t'aimer !
Ainsi, toujours en proie à ce trouble funeste,
Je vois s'évanouir des jours que je déteste.
Séparé des humains, dans ces sombres réduits,

Je dévore en secret mes pleurs et mes ennuis.
Tels des feux resserrés au centre de la terre ,
Dans ces abîmes sourds font gronder leur ton-
      nerre ,
Se détruisent enfin par leurs propres ardeurs ,
Et s'exhalent dans l'air en stériles vapeurs.
   Tout ce qui s'offre à moi me confond , m'im-
      portune ,
Semble me reprocher ma cruelle infortune :
Je n'ai que la douceur de régner dans ces lieux ,
Où je sers de ministre à la rigueur des cieux.
J'appesantis le joug de mes eunes victimes :
Mon triste désespoir les punit de mes crimes.
A de sévères lois j'aime à les asservir :
Vengé par leurs tourmens, je vois, avec plaisir,
Sur leurs fronts abattus, dans leurs regards avides
La pâle austérité graver ses traits avides ;
Et de ces malheureux sans cesse environné,
Je me trouve plus calme, et moins infortuné.
   Heloïse, à quel point le désespoir m'égare !
Qui l'eût pensé ! qu'un jour je deviendrois bar-
      bare.
J'en atteste l'amour, si je vivois pour toi.
Mes sermens et mes vœux ne seroient rien pour
      moi ;
Quels sont donc les liens d'un devoir si farouche !
Ah! vaut-il un baiser imprimé sur ta bouche ?
Quand je vis de mes jours s'éteindre le flambeau,
Ton Dieu fut mon asile aux portes du tombeau.

Qu'aurois-je fait alors? tes yeux pleins de ten-
dresse
Par des larmes sembloient accuser ma foiblesse.
Il falloit t'éviter : ce nouveau culte, hélas!
Dut fixer un amant arraché de tes bras:
Mais qu'il est languissant, quelle foible puissance,
En captivant mon cœur, y laisse un vide immense?
La nature pour moi n'est qu'un désert affreux,
Où, parmi ces débris, se traîne un malheureux.
Sur les plus beaux objets, ma vue appesantie,
Étend le voile épais dont elle est obscurcie.
Le soleil, que toujours je préviens par mes pleurs,
Ne trace pour moi seul qu'un cercle de douleurs ;
Le silence des bois, le cristal des fontaines,
La verdure, les fleurs, et l'émail de nos plaines,
D'un ciel pur et serein le spectacle riant,
Ne font que redoubler mon ennui dévorant;
Je cherche les rochers et les antres funèbres;
J'aime à m'ensevelir dans l'horreur des ténèbres;
Là, plein de mon outrage, indigné de mes fers,
Je voudrois me cacher aux yeux de l'univers.
Là, j'appelle Héloïse, et dans ma sombre ivresse,
Je crois entendre encor ta voix enchanteresse :
Un lamentable écho, sur les ailes des vents,
Semble me renvoyer tes longs gémissemens;
Et sans cesse frappant mon oreille surprise,
Répète, en sons plaintifs, Héloïse!... Héloïse!
Jusque dans le repos ton image me suit :
Je soupire le jour, et je brûle la nuit ;

Et quand je crois saisir, embrasser ce que j'aime,
A mes regards confus je disparois moi-même...
Cette nuit même un songe, un songe séducteur,
Avoit rempli mes sens de leur première ardeur :
J'expirois sur ton sein, et mon ame enivrée,
Erroit avec transports sur ta bouche adorée.
O douce illusion ! ô funeste réveil !
Mon rapide bonheur fuit avec le sommeil.
Jetant les yeux sur moi, j'ai détesté tes charmes,
Ils ont fait mes plaisirs, ils m'arrachent des
  larmes.
Quel état ! Mais pouquoi t'offrir ces noirs ta-
  bleaux,
Et t'accabler encor du récit de mes maux ?
  Retrace-toi plutôt ce moment de ma gloire,
Où l'amour, malgré toi, m'accorda la victoire.
L'astre du jour baissoit, un vent paisible et frais,
Se jouoit à travers les ombres des forêts.
Je volai dans tes bras, et ta pudeur secrète,
Au lieu de te défendre, assura ta défaite.
Quels transports redoublés ! hélas ! t'en souviens-
  tu ?
Abailard triomphoit dans ton cœur combattu.
Ta voix éteinte en vain me reprochoit mon crime,
J'embrâsois de mes feux ma mourante victime.
La foudre auroit grondé, je n'entendois plus rien,
Heureux par mon transport, plus heureux par
  le tien.
La bienfaisance, alors sûre de mon hommage,

Pour entrér dans mon cœur empruntoit ton image.
En vain mes ennemis, ardens persécuteurs,
Diffamoient saintement mes écrits et mes mœurs,
Pour mieux m'assassiner se paroient d'un faux
    zèle ,
Sembloient d'un Dieu vengeur embrasser la que-
    relle ;
Et défendant par-tout qu'on osât m'approcher,
Déjà pour plaire au ciel allumoient mon bûcher:
Je riois sur ton sein de leur haine farouche,
Et j'étois consolé par un mot de ta bouche.
Je plaignois ces mortels, ces savans ténébreux,
Toujours vils et cruels et souvent dangereux;
J'oublioi avec toi ces absurdes systêmes ,
Démentis l'un par l'autre et détruits par eux—
    mêmes ;
Et je savois unir, par un heureux lien,
Les plaisirs d'un amant au devoir d'un chrétien...
Si j'étois près de toi, peut-être, chère amante,
Tu pourrois ranimer ma force languissante !
Dans tes yeux je verrois éclore un nouveau jour ;
La nature obéit aux ordres de l'amour.
Je te verrois du moins, contente d'un vain songe,
Te prêter aux efforts d'un pénible mensonge.
    Hé bien! dût l'Eternel s'élever contre moi,
Je romps tous mes liens, et je vole vers toi.
Toi seule de mon cœur tu peux remplit l'abîme:
Si mon amour te plait, je le crois légitime.
Héloïse m'appelle : Héloïse m'attend :

Je mourrai dans ses bras, et je mourrai content.
D'une religion, aussi triste qu'austère,
Je suis las de traîner la chaîne involontaire :
Consumé de regrets sous le joug abattu,
Dans le vil esclavage il n'est point de vertu,
Je préfère Héloïse, à mes vœux, au ciel même ;
Et, fût-ce un crime enfin, c'est un crime que
   j'aime.
 Je reverrai ces lieux par mes mains élevés,
A l'innocence ouverts, par tes soins cultivés,
Ces lieux où la vertu, fière de son supplice,
S'impose les ennuis et la peine du vice.
Dans ce réduit obscur, séjour du repentir,
Tu reverras briller les rayons du plaisir.
 Malheureux ! pour moi seul ce mot est un ou-
   trage.
Puis-je réaliser une si douce image ?
Moi ! j'irois dans des lieux où tes jeunes appas
Livreroient à mon cœur d'inutiles combats !
La beauté gémissante assiégeroit sans cesse !
Sans cesse irriteroit ma honteuse foiblesse !
Je verrois dans les pleurs éteindre tes beaux
   yours...
Et sans jamais jouir, je brûlerois toujours...
Que dis-je ? tout fuiroit un mortel déplorable,
Que le désir dévore, et que son être accable ;
Et toi-même, évitant la trace de mes pas,
Tu maudirois l'amour expirant dans mes bras.
Sous un chêne brisé par les coups du tonnerre,

Voit-on se reposer la timide bergère?
Voit-on dans la prairie un essaim attaché
Sur le pavot mourant ou le lys desséché?
    C'en est fait, étouffons un espoir inutile :
Pour les infortunés la tombe est un asile.
Va, cesse de chérir un fantôme d'amant,
Que l'amour seul anime et dispute au néant.
A conserver ton cœur, est-ce à moi de prétendre!
Lorsque l'amant n'est plus, adore-t-on sa cendre?
Ferme, ferme l'oreille à ma mourante voix :
J'expire... Dieu te parle... obéis à ses lois.
Dans l'ombre de son temple ensevelis tes charmes ;
Offre à ce Dieu jaloux tes amoureuses larmes!
Des plus funestes feux éteins le souvenir ;
Je n'exige de toi que ton dernier soupir.

Autre Épître d'Abailard à Héloïse; par le même.

MALHEUREUX, qu'ai-je fait ? j'ai rallumé ta
    flamme ;
J'ai troublé le repos qui entroit dans ton ame ;
Ce cœur où, malgré moi, le ciel seul doit régner,
Déchiré par mes mains, recommence à saigner !
Que veux-tu, comme toi je languis, je soupire ,
Je meurs.... l'amour sur moi reprend tout son
    empire :
J'ai gardé trop long-tems un silence orgueilleux,
Et ce cœur fatigué s'abandonne à ses feux.
Du sort qui m'accabla , quoi ! la rigueur extrême
A séparé de toi la moitié de toi-même !....
O trouble, ô désespoir ! ardeurs, transports, désirs,
Tout me reste , Héloïse, excepté les plaisirs.
Cet abandon du cloître , et son affreux silence,
Tout me livre à moi-même , et m'afflige et
    m'offense :
Malgré tous mes efforts , je ne peux t'oublier.
Dieu me menace en vain, et j'ai beau le prier,
Tu triomphes toujours ; oui , ma main téméraire
Te place, à ses côtés , au fond du sanctuaire ;
Et , quand de toutes parts règne un muet effroi,
Prosterné devant lui, je n'adore que toi.

Plus de calme, il me fuit : j'en offre en vain
l'image.

Dans le fond de mon cœur j'entends gronder l'o-
rage.

Mais toi... quelle terreur a glacé tes transports ?

Héloïse fidèle a senti des remords!

Des remords, Héloïse!... est-ce à toi d'en connoître!

A la voix d'un amant ils doivent disparoître.

Ah! qu'ils ne souillent point tes innocens attraits!

Mets-tu donc ta foiblesse au nombre des forfaits!

Héloïse, crois-moi, ta flamme est légitime :

Quelles sont nos vertus, si l'amour est un crime?

Sur l'univers entier jette un moment les yeux ;

Animé par l'amour, l'univers est heureux.

Où suis-je... et qu'ai-je dit ? ô ciel! où m'é-
garé-je !

A mes profanes vœux je joins le sacrilége!

Arbitre souverain de mon funeste sort,

A mes sens désolés pardonne ce transport.

Tu le sais, abattu sous la haire et la cendre,

D'un trop cher souvenir je voudroi me défendre,

Déchiré devant toi par d'horribles combats,

L'existence pour moi n'est plus qu'un long trépas.

Mon Dieu, lorsqu'à tes lois mon ame s'est soumise,

Je ne t'ai point juré d'oublier Héloïse...

Héloïse... va, cours, tombe au pied des autels :

Renonce pour jamais à tes feux criminels :

Que la religion, t'armant d'un saint courage,
De ton cœur, s'il le faut, arrache mon image,
Mon image trop chère, et qui fait tes tourmens :
Je te remets ta foi, je te rends tes sermens.
C'est moi de qui la main couronnant ma victime,
Te cachoit sous des fleurs le penchant de l'abime :
Compte, si tu le peux, tes soins et tes chagrins.
Que de jours orageux pour quelques jours sereins !
Rassemble de l'amour les ennuis et les peines,
Et ses jaloux transports, et ses terreurs si vaines ;
Mets à part ses douceurs, ses passagers désirs,
Et vois combien ses maux surpassent ses plaisirs.

Rappelle-toi, sur-tout, pour affermir ta haine,
Ces jours de deuil, ces jours où respirant à peine,
Courbé sous mes malheurs, je m'en fis de nou-
          veaux ;
Où, dans tous les mortels, je crus voir des rivaux.
Dévoré, poursuivi par mes noires alarmes,
Je redoutois en toi la jeunesse et les charmes,
Un sexe trop facile et prompt à s'enflammer ;
Je redoutois sur-tout l'habitude d'aimer.
J'en hâtai chaque jour l'injuste sacrifice ;
Songeant à mon repos, je pressois ton supplice,
Je désirai qu'un cloître, asile redouté,
Pour dissiper ma crainte, renfermât ta beauté.
Les caresses, les pleurs d'Héloïse attendrie,
Rien ne pouvoit calmer ma sombre jalousie ;
Et ton amour lui-même augmentant mon effroi,

Je voulus que ton Dieu me répondît de toi.
Oui, de ma propre main, je traînai la victime.
Je te donnois à lui : mais, ô fureur, ô crime !
Retenant mon présent, arraché de mes mains,
Je te donnois à lui, pour t'ôter aux humains.
Tu me disois : Ordonne, et choisis ma demeure.
Où veux-tu que je vive ? où veux-tu que je meure,
Abailard, je suis prête... Et moi, dans ces mo-
       mens,
Je goûtois le plaisir, au sein de mes tourmens,
Portiques révérés, asiles respectables,
Aux profanes regards dômes impénétrables :
Grâce à la piété, qui veille autour de vous,
Combien vous assurez le bonheur d'un jaloux !
Que je fus soulagé de t'y voir renfermée,
Et de te voir soustraite au péril d'être aimée !
J'attendois cet instant où quelques mots cruels
T'enleveroient à moi, comme à tous les mortels.
Par l'offre de ta dot, je parvins à séduire
Celle qui, dans ton cloître, exerçoit son empire ;
Et cette femme enfin, secondant ton bourreau,
Pour toi, dans un désert, me vendit un tombeau.

    Ah ! d'un pareil amour n'es-tu pas indignée ?
Ne vois-tu pas le piége où tu fus entraînée ?
A des transports honteux, cesse de t'emporter...
Et d'aimer un mortel que tu dois détester...
Me détester ! qui, moi !... non, ma chère Héloïse...
Non... tu ne le dois pas... ta foi me fut promise,

Je réclame ton cœur , il est encor à moi...

Cent fois plus qu'à ce Dieu... que je trahis pour
 toi.

Mes douloureux affronts , tes maux que je partage

Jusqu'aux emportemens de ma jalouse rage ,

Tout m'assure à jamais une ame où j'ai régné...

Je suis trop malheureux pour être dédaigné.

 Pour moi seul la nature est affreuse et stérile ,

Ce sépulcre où je vis n'est pas même un asile.

Le soleil , que toujours je préviens par mes
 pleurs ,

Ne trace pour moi seul qu'un cercle de douleurs.

Je cherche les rochers et les antres funèbres :

J'aime à m'ensevelir dans l'horreur des ténèbres ;

Je descends quelquefois dans ces sombres ca-
 veaux

Où triomphe la mort au milieu des tombeaux :

C'est là qu'anéanti , je me dis à moi-même :

Voilà donc la demeure et l'asile suprême ,

Le terme où les amans , heureux ou malheureux ,

Verront s'évanouir leur tendresse et leurs feux.

De moment en moment, il vient ce jour horrible ,

Où la mort glace enfin le cœur le plus sensible ?

Et c'est là qu'Abailard , pour toujours renfermé ,

Ne se souviendra plus d'avoir jamais aimé...

Là se perdent les rangs,... les vertus et les charmes ;

2.   9

Après de tristes jours prolongés dans les larmes,
C'est donc là qu'Héloïse... et soudain oppressé,
Au milieu des cercueils je tombe renversé.

    Prends pitié de mes maux, du feu qui me con-
      sume...
De ce poison brûlant, tout aigrit l'amertume;
Tout me blesse et me nuit... ah ! pénètre avec
      moi
Dans les replis d'un cœur qui ne s'ouvre qu'à toi.
Combien je suis changé ! moi-même j'en fris-
      sonne,
Je hais et je maudis tout ce qui m'environne,
Et m'applaudis souvent de régner en ces lieux,
Où je sers de ministre à la rigueur des cieux.
J'appesantis le joug de mes jeunes victimes;
Ma jalouse fureur les punit de mes crimes.
J'aime à voir la pâleur de leurs fronts pénitens,
Et l'aspect de leurs maux adoucit mes tourmens.
Héloïse, à quel point le désespoir m'égare,
Qui l'eût pensé qu'un jour je deviendrois bar-
      bare !

    Tu le sait, Héloïse, en des tems plus heureux,
Je fus, ainsi que toi, sensible et généreux.
L'indigence jamais ne me fut importune;
J'ouvrois mon ame entière aux cris de l'infortune,
En vain mes ennemis, ardens persécuteurs,
Cherchoient à diffamer ma conduite et mes
      mœurs;

La bienfaisance alors , sûre de mon hommage ,
Pour entrer dans mon cœur empruntoit ton image;
Et, tant que je l'ai pu, dans mes obscurs destins ,
J'ai goûté la douceur d'être utile aux humains.
O jours trop fortunés.... ô jours de mon ivresse !
Où je laissois sans crainte éclater ma tendresse ;
Où rien n'interrompoit ce commerce enchanteur,
Ce doux épanchement des secrets de mon cœur ;
Où libre de te voir , et chargé de t'instruire ,
J'aimois à t'égarer, au lieu de te conduire ;
Où pour toute leçon, à tes pieds prosterné ,
Je te peignois l'amour que tu m'avois donné...
Tu n'as point oublié cet instant de ma gloire,
Ce moment où j'obtins la première victoire.
Les parfums du matin s'exhaloient dans les airs :
Un jour voluptueux brilloit sur l'univers :
Plus riante et plus belle , au gré de mon ivresse
La nature sembloit pressentir ta foiblesse.
Tes yeux , qu'obscurcissoit une douce vapeur,
S'ouvroient sur Abailard avec plus de langueur.
Ma main sous un berceau te conduisit trem-
          blante ;
J'entendis soupirer ta vertu chancelante :
Mes regards enflammés t'exprimoient le désir ,
J'aperçu dans les tiens le signal du plaisir...
Je volai dans tes bras... en vain ta voix éteinte ,
A travers cent baisers murmuroit quelque plainte ,
Je ne t'écoutois plus, je n'entendois plus rien :

Heureux par mon transport, plus heureux par les
    tiens
  Ah! détourne les yeux de ce tableau profane,
Tout me consterne ici, m'accuse et me condamne :
Devant moi se découvre un avenir vengeur,
Et la voix de mon Dieu tonne au fond de mon
    cœur.
Toi qui creusas l'abîme, où ton courroux me
    laisse,
J'espérois que ton bras soutiendroit ma foiblesse,
J'ai cru que ta bonté descendroit jusqu'à moi,
Et que les passions se taisaient devant toi.
Hélas! dans ces réduits ont-elles plus d'empire?
Seroit-il des penchans que tu ne peux détruire!
Je pleure, je gémis et les nuits et les jours;
Je me repens, t'implore, et je brûle toujours:
Frappe enfin, et punis un mortel qui t'offense :
Fais au pied de l'autel éclater ta vengeance,
Et puisque tu n'as pu m'arracher mon penchant
Pour éteindre l'amour, anéantis l'amant.
    O ma chère Héloïse! ô toi que j'ai perdue!
Toi, que j'égare encore, éloigné de ta vue!
Où me cacher? où fuir un feu trop dévorant
Qui s'attache à mon cœur et coule avec mon sang?
Cette terre où je rampe a-t-elle assez d'abîmes,
Si l'œil perçant d'un Dieu vient à compter mes
    crimes?
Que de foibles mortels mon exemple a séduits;

Que de coupables feux, par les miens enhardis ?
Dans les lieux les plus saints nos fautes sont
    connues.
Nos lettres, tu le sais, sont par-tout répandues :
On les lit, on s'y plaît, on y puise un poison
Qui, pour aller au cœur, enivre la raison :
La jeunesse, livrée à tout ce qui l'abuse,
Dans ses déréglemens nous cite pour excuse :
Notre amour malheureux fait encor des jaloux ;
Il a creusé l'abîme où l'on tombe aprés nous.

    Il est tems, il est tems de se vaincre soi-même ;
De contraindre nos feux à cet effort suprême,
Nos longs égaremens, source de nos malheurs,
Veulent, pour s'expier, de la honte et des pleurs,
Pleurons, et rougissons ; du sein de la poussière,
Elevons vers le ciel notre ardente prière.
Peut-être que le ciel, à la fin desarmé,
Au cri du repentir ne sera plus fermé.

    Cesse de m'inviter, hélas ! trop indiscrète,
A venir partager tes soins et ta retraite.
Qui, moi, de tes devoirs soulager le fardeau,
Diriger de tes sœurs le docile troupeau,
Les sauver des périls que pour moi je redoute ;
Des vertus que je fuis leur aplanir la route ?
Moi, j'irois dans des lieux où tes jeunes attraits...
Non, ce n'est plus pour moi que les plaisirs sont
    faits.
Si tu pouvois me voir l'œil cavé par les larmes,

9.

Baissant toujours ce front qui t'offrit quelques
    charmes ;
De spectres effrayans toujours environné,
Triste, défait comme eux, et comme eux dé-
    charné ;
Tu voudrois bien plutôt éviter cette image,
Et loin de la chercher, tu fuirois mon passage.
Ne me prodigue plus le nom de fondateur ;
Je suis un malheureux, je suis un corrupteur,
Qui, dans l'affreux moment où la raison l'éclaire,
Frémit de son amour, que pourtant il préfère,
Arrache, avec effort, un cœur trop criminel ;
Qui, la bouche collée aux marches de l'autel,
Dans la religion espérant un refuge,
Attend la grâce encore, ou l'arrêt de son juge...
    Joins tes remords aux miens, sur-tout ne
    m'écris plus :
Cachons-nous désormais des soupirs superflus :
Oui, laissons entre nous une intervalle immense,
Espérons tout du tems, et sur-tout du silence.
Va, cesse de chérir un fantôme d'amant,
Que l'amour seul anime et dispute au néant.
Dieu le veut... dans son temple ensevelis tes
    charmes ;
Offre à ce Dieu jaloux tes pénitentes larmes ;
Et que ces pleurs enfin effacent, à leur tour,
Tous les pleurs qu'Héloïse a versés pour l'amour.
Si la mort, dans ces lieux, devançant ma vieillesse,

Vient terminer des jours tissus par la tristesse,
Je veux qu'au Paraclet Abailard soit porté,
Et que dans cet état il te soit présenté,
Non pour te demander un regret inutile,
Mais pour fortifier ta piété fragile.
Plus éloquent que moi, ce spectacle cruel
Te dira ce qu'on aime, en aimant un mortel.

ABAILARD.

FIN.

HÉLOISE
ET
ABAILARD

Tome I.

HÉLOISE
ET
ABAILARD

Tome II.

HÉLOISE
ET
ABAILARD

Tome I.

HÉLOISE
ET
ABAILARD

Tome II.

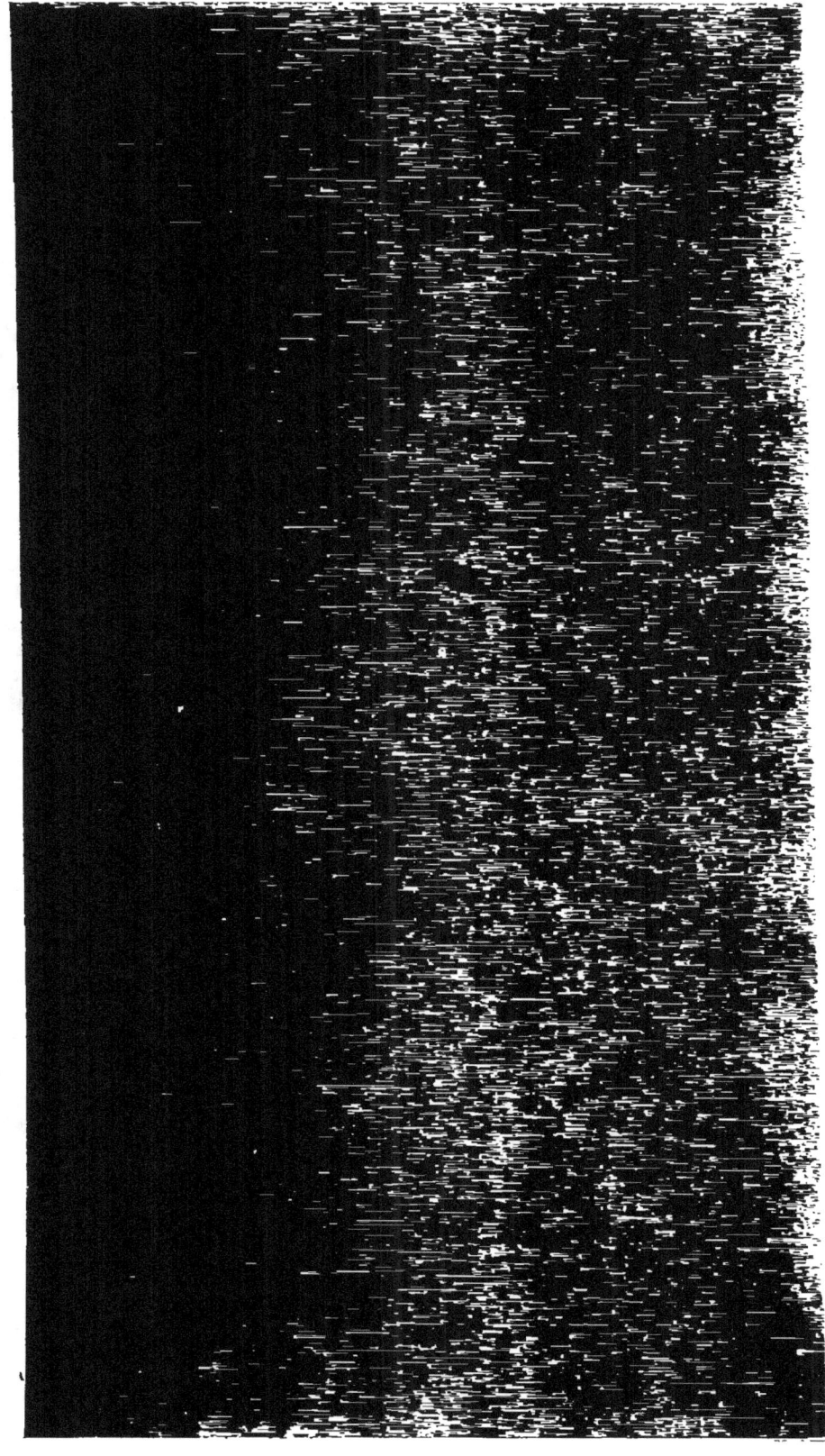

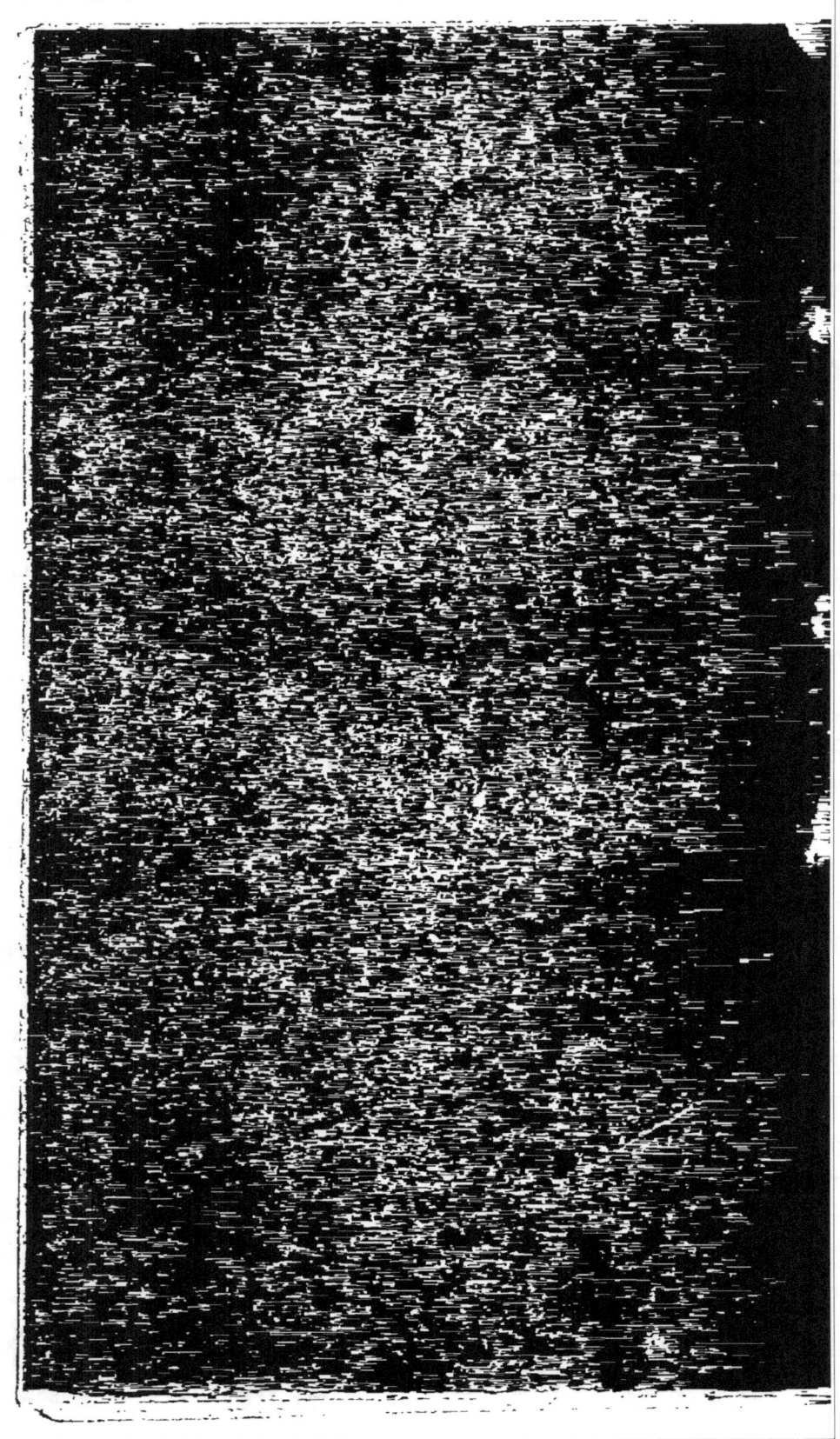

www.ingramcontent.com/pod-product-compliance
Lightning Source LLC
Chambersburg PA
CBHW060824250626
47162CB00005B/1931